誰が読むかわからないブログに自分の思いを自由に書くことがだんだんできなくなってしまって、千鶴の一九歳の誕生日以降、更新していません。

父親が死んだ二〇〇六年には浪人生だった息子の正和が、この春（二〇一一年三月）大学を卒業しました。立教大学で映像を学んだ息子は、卒業制作として自閉症の妹を題材にしたドキュメンタリー映画「ちづる」を撮り、その映画が思いがけなく、二〇一一年一〇月から劇場公開されることになりました。映画の制作から劇場公開への過程で、息子の指導教官兼プロデューサーであるドキュメンタリー監督の池谷《いけや》薫さんに、私のブログを読んでいただく機会があり、これを本にしてみないかとすすめられました。

しかし、知的障害者が成人した時、どこにも通わずに家族が面倒を見ている「在宅」というのは一番避けたい状況であって、今の千鶴は一番うまくいかなかった例です。「自閉症児の親としては立派でも何でもない私の子育ての記録が、読む人にとって参考になるでしょうか？」と池谷監督に尋ねたところ、「その力の抜けたところがいいのだ」という答えが返ってきました。意識して力を抜いているのではなく、力がはいらないというのが本当のところなのですが、そこがいいと言っていただけるならば、千鶴と私たち家族のことをもう一度改めて書いてみたいと思いました。

息子は映像の道には進まず、東京の社会福祉法人に就職して、四月から知的障害の人たちを支援する現場で働いています。息子の自立を機に、私と千鶴は六月に、夫と私の故郷である福岡に戻って暮らし始めました。それぞれの新しい生活のスタートは、これまでの私たちのこと、これからの私たちのことをじっくり考えるための、またとないきっかけになったといえます。

この本はホームページからの抜粋、ブログからの抜粋、新たな書き下ろしの三つの部分で構成されています。第一章は、「ちづるのスケッチブック」に掲載していた娘の成育歴と自閉症についての説明を、一二年前の時点ではなく、現時点に立って加筆修正したものです。第二章には、千鶴が養護学校小学部四年生から高等部二年生、父親が亡くなる直前までのブログ（日記）を抜粋し、手を加えずにそのまま載せました。第三章では夫の事故のあとに書いたブログを一部ひきながら、その後の出来事について、今まで日記にも書けずにいたことを初めて書きました。

ちづる——娘と私の「幸せ」な人生／目次

第一章

幼少期

～自閉症を受け入れる～

横浜・みなとみらいの観覧車の中で。正和２歳。千鶴生後９カ月、つかまり立ちができるようになったころ。

◆障害がわかるまで

千鶴は赤ちゃんの時から食が細く、標準よりもかなり軽かったので、その点はずっと心配していた。でも、にこにこと愛想もよく、身軽な分、動きはとても活発だった。

どこかおかしいと感じ始めたのは九カ月ごろから。笑顔をめっきり見せなくなり、何か赤ん坊らしからぬかたくなな雰囲気を漂わせるようになってしまったのだ。

歩き出したのもそのころだったが、手も足も体もばらばらな感じの、やたら気ばかりあせっているような危なっかしい歩き方で、公園に連れていっても、ベビーカーから降ろしたとたんに、ぜんまいを巻いたおもちゃみたいにタッタカ、タッタカ、出口のほうへ進んでいってしまう。赤ちゃんたちが楽しそうに集っている砂場のほうは見向きもしないで……。

言葉は話せない赤ちゃんでも、普通は周りの人たちとコミュニケーションをとりたがるものだ。子ども同士だったらなおさらのこと、一緒にいるだけでもうれしいはず。

それはほとんど、人間の本能のようなものだと思っていたが、そのころの千鶴にはそういうものが感じられなかった。千鶴にとって、この世の中で関係ある人間は母親の私だけのようだった。あとの人間はすべてシャットアウト。父親とて例外ではなかった。このころから三歳を過ぎるころまで、父親とふたりで笑顔で撮れている写真は一枚もない。

一歳四カ月の時から児童精神科医の佐々木正美先生に相談し、二歳になる直前に、「発達遅滞を伴う自閉症」と診断された。

◆診断を受ける——一歳四カ月、悪あがきの日々が始まる

佐々木先生と初めてお会いした時、夫も一緒にいたのに、言われた言葉の受け止め方が私と夫ではかなり違っていた。私は、この時には発達障害について書かれたものを少しは読んでいたので、「この子は自閉症ではないかと思うんですが」と自分から尋ねたのだった。それに対して、先生は、「そうですね……自閉傾向がありますね」と答えられた。

今はどうなのかわからないが、当時は、早期診断の時には、先生方は自閉症と言い切るよりも、「自閉傾向」と少し曖昧な言い方をすることが多かったようだ。夫よりも少しだけ勉強し

生後11カ月の初詣。私から引き離されるといつもこんなふうに泣いていた。

ていた私は、自閉症も自閉傾向も同じ意味だというのがわかっていたから、先生の言葉を生涯治らない障害の宣告と理解した。それに対して夫は、「傾向」という言葉を楽観的に受け止め、「その疑いはあるが、様子を見ましょう」というくらいの意味に解釈したらしい。

午前中だけ休みを取っていた夫は私たちを家の前で車から降ろすと、そのまま会社に出かけて行き、私はひとり、息をするのも苦しいほどの絶望感とともに残された。ほんの一瞬だが、子どもたちを連れて死にたいとまで思った。

佐々木先生は自閉症研究の第一人者で、長年にわたって、横浜市を中心に子どもたちの臨床にあたられた。その間、保育士さんや幼稚園の先生、親たちとの勉強会にも献身的にご協力くださり、現役を引退された今でも、横浜の自閉症児の親たちからは絶大な信頼を寄せられているお医者さんである。

その佐々木先生の診断でも、とにかく千鶴があまりにもまだ小さかったので、一生治らない脳の障害だとは容易に受け入れることはできなかった。そして、今のうちなら何とかなるのではないかという悪あがきの日々が始まる。食事療法、鍼治療、神頼みのようなことさえ……。

それからしばらくの間は、夫と温度差があるために孤独だった。夫は夫で、半狂乱でいろいろなことを試してみる私に距離を感じていたようだ。あのころ、夫は千鶴の障害について本当はどう感じていたのだろう。実は心の奥底ではどうにもならないことがわかっていながら、鍼だの宗教だのひとり突っ走る私に寄り添うこともできなくて、やはり孤独を感じていたのかもしれない。亡くなった今となっては確かめようもないけれど……。

本を読んで自閉症児特有の行動を調べては、「こんなことはやらないから千鶴は違うかもしれない」と思ったりしていたが、それはまだその時点では「幼すぎるためにできない」にすぎなかったことがだんだんわかってくる。千鶴は成長するにつれて、自閉症らしい行動をきちんきちんとクリアしてゆき、まさに由緒正しき自閉症になっていったのだった。

◆自閉症とは

たいていの人は「自閉症」を、殻に閉じこもって人とかかわろうとしない状態のことだと思っているのではないだろうか。不登校だとか、引きこもりという言葉と同系列に置かれることが多いかもしれない。単に内気な性格を「自閉症気味」だと言ったりするのも、普通だとそんなに違和感のない使い方だろう。『広辞苑』（二〇〇八年発行の第六版）では

【自閉】自分だけの世界に閉じこもる内面優位の現実離脱を示す病的精神状態。現実との生きた接触を失うもので、統合失調症の重要な症状の一つ。

【自閉症】①早期幼児期に発生する精神発達障害。対人関係における孤立、言語発達の異常、特定の症状や物への固着などを示す。脳機能障害によると考えられる。早期幼児自閉症。

②自閉に同じ。

となっているから、そんなふうに自閉症という言葉を使われても、完全に間違っているわけではない。しかし、このまぎらわしい病名のために、①の障害としての自閉症の概念がなかなか世の中に浸透しづらかったとはいえると思う。最初に、はっきりと先天性の脳の障害とわかるように、何とか症候群などと病名をつけてくれていれば今ほど誤解されることはなかったのではないだろうか。また、同時に私たち親を苦しめたのは、自閉症が深刻な障害であることは認めた上で、子どもが自閉症になるのは親の育て方によるものだという誤った考え方だった。一時期そういう主張をした専門家がいて、いったん世間に広まってしまったので、そう思い込んだままの人も多いと思う。

少し長くなるが、自閉症についての説明を、社団法人日本自閉症協会が平成七（一九九五）年に発行、平成一六（二〇〇四）年に一部修正された「自閉症の手引き」という冊子から引用する。(1)

自閉症は、その文字が示すような自閉の殻に閉じこもって周囲の人に打ち解けないというような障害や状態ではありません。

また、乳幼児期に不適切な教育をされたために、親やそのほかの人たちに不信感を抱いて、心を閉ざしてしまったというような情緒障害でも症候群でもありません。

現在のところ原因不明の、そしておそらく単一の原因ではない中枢神経系を含む生物学的レベルの障害で、生涯にわたって種々の内容や程度の発達障害をしめします。

自閉症の人は見たり聞いたり、そのほか感じたりすることを、一般の人のようには受け止めたり理解したりはできないことが分かってきました。

そのために、一般の人が通常やっているような方法で、話しことばや身振りを用いてコミュニケーションすることが容易にできません。

その上、自分の周囲の環境や状況の意味することも理解できないことが多く、慣れない場面には大変な不安や混乱を感じているのです。

自閉症は、家庭養育や学校教育を始め、福祉施設における対応で、最も困難の大きい障害の一つです。そしてまだ、根本的な治療法もないのです。

（1） 日本自閉症協会からは平成一九（二〇〇七）年に改訂版の新しい「自閉症の手引き」が出されているが、自閉症とはどんな障害かということを初めて知る方にはこの説明が簡潔でわかりやすいと思うので、あえて、平成七年版を使わせていただいた。社団法人日本自閉症協会　東京都中央区明石町六－二二　築地六二二　TEL〇三－三五四五－三三八〇　http://www.autism.or.jp

私たち家族が長年住んでいた横浜は、知的障害の人がわりと外を歩いている街だ（地方よりは都会のほうがそういう傾向はあると思う）。手をひらひらさせながら歩いていたり、ヘッドホンをつけて、はっきりとＣＭソングを繰り返し歌っていたり、大きななりをしてやたらと電車やバスで座りたがる人がいたら……その人はたぶん自閉症の人だ。

殻に閉じこもるどころか、やたらと話しかけるタイプの人もいる。満腹中枢がうまく働きにくいというのもよく見られる症状で、そういう人は凄い巨体になってしまうので、そばに寄られると、やはり少々緊張するかもしれない。激しい動きをする人もいるので、「怖がるな」とは言えないが、決して悪意のある人たちではないことを知っておいていただきたいと思う。誰かを故意に傷つけるようなことはしない（「できない」といったほうがよいか……）。

こういう言い方は不謹慎だが、本当の自閉症ってわりと興味深い障害ではないだろうか？　ぱっと見ただけでは、どこが障害なのか、わかりにくい。体のほうはすこぶる健康という人がほとんどだ。なのに、脳の中の小さな小さな欠陥が、この世の中になじむ能力を奪ってしまっているのだ。さらに付け加えると、自閉症であっても知的レベルは正常な人や、とても知能の高い自閉症者もいる。しかし、社会生活に適応する力は、知能指数では測れない部分も多い。自閉症というとても難しい障害を抱えながら、知的レベルが高いために障害者とは認められずにこの世の中を自力で生き抜いていかなくてはならない人たちは、大変な苦労をされているに違いない。

◆こだわりについて

自閉症の人と一緒に生活していく上で重要なポイントになるのが、彼らの「こだわり」とのつきあい方だと思う。

こだわりは、正常な子どもでも、ごくごく小さい時には示すことがある。お気に入りのシーツがないと眠れないとか、同じ服ばかり着たがって、洗うと乾くまで物干し竿の下で待っているとか……。スヌーピーの漫画に出てくるライナスという男の子は、いつも毛布を持ち歩いているが、あれもそう。その物がないと不安で、あると落ち着くわけだ。

自閉症の人は、周りの状況を把握するのが苦手だ。彼らは、「常に言葉も文化も理解できない異国の地に放り出されたような状態である」とよく例えられる。もし、私たちがそんな状況に置かれたら、少しでも自分の理解できるもの、安心感を与えてくれるものにすがりつくのは当然だろう。自閉症の人も同じ理由で、何か心のよすがになるものを決めて、そのことによって少しでも、自分の不安を和らげようとする。それがこだわりになって現れるのだそうだ。ただ、どんなものにどんなふうにこだわるかは人それぞれ。とても独特なのだ。

たとえば、千鶴はある時期、「二番目」ということにこだわっていた。乗り物や劇場のようなところで必ず、前から二番目の、端から二番目に座りたがる。思いどおりにならなくて、何度途中で降りたことか……。ディズニーランドのスターツアーズも入場してすぐに退場。がらがらの電車の中でも、端っこに座っている人を見つけては、いそいそ、すりすりと、その隣に座る。小さな女の子とはいえ、怪訝《けげん》な顔をされるのは当然で、「すみません、この子、病気で一番目にこだわってるんです」などと一応説明はしていたが、言われた人は何のことやら、ちっともわからなかったことだろう。

一番目にこだわる自閉症の人はわりと多いようで、すでにその席に座っている人がいた時、頭をぽかりとやってしまったりすることもあるらしい。もちろん許されることではないが、彼らも必死なので、もし、バスの一番前に座っていてそんな目に遭っても、あまり怒らないでほしいと思う。

ある冬には、千鶴は「浴衣を着て寝る」ことに

満１歳の誕生日。裏に「そうじき」の絵が描いてある、この「そ」という積み木をいつも持っていた。「こだわり」の始まり。

こだわっていた。また、私に必ず「あるくんです」(ドラクエのスライムの形をした、万歩計機能付きのゲーム機)を持たせることにこだわっていた時期もある。帰りのスクールバスから降りたら、最寄りのコンビニでおやつを買うというのも、学校に通い始めてからずっと続いていたこだわりだ。これは、こだわりというより楽しみといってもいいかもしれないが。

この程度なら、まあどうということもないが、こだわりも度をこすと家族の生活に支障をきたすことがある。電車に乗ることそのものにこだわり、駅の前を通ると、必ず電車に乗ってどこまでも行ってしまうので、学校に行けなくなってしまった友達がいる。当時五年生の男の子で、体重が六〇キロもあるので小柄なおかあさんには抑えきれず、かといって、毎日彼のあてのない旅につきあっていたら彼女の生活が成り立たないために、児童相談所に相談した結果、施設にはいることになってしまった。

こだわりを一切やめさせようとすると、自閉症の人は大変不安定な状態に陥ってしまうので、なるべく彼らの気持ちを尊重しつつ、こだわりがエスカレートすると困ったことになりそうな時には、早めに方向転換を図るというのがコツだが、なかなかそれがうまくいかないのである。

◆パニックについて

こだわりに並んで、自閉症の人の難しい問題は、パニックを起こしてしまうということだ。こだわりをやめさせられたり、予期せぬことが起きたり、彼らにしてみれば苦痛でしかたないことをずっと我慢させられたり（たとえば、意味のわからない学校行事などで、ずっと座っていることを強要されるような）といった時に、耐えきれずに暴れてしまうことがある。その激しさの程度には個人差があるが……。

千鶴も小さいころはよくパニックを起こしていた。そうなってしまうと何も聞きいれず、何も受けつけず、感情がおさまるまで、大声で泣きつづけ、そばにあるものに当たり散らしたり、そばにいる人間（たいてい、私）に攻撃してきたりする。目が据わって、表情も別人みたいになってしまうので、「モンスター」と表現したりする。華奢で、おとなしそうに見える子なので、そのギャップはすごい。二一歳になった今でも、たまに起こすことがある。昔ほどに暴れることはないが、体が大きく力も強くなった分、周りに迷惑をかける危険があるので、外でやられると抑えるのに全身全霊の力を使わなくてはならない。寿命が縮む思いだ。

発作とはいえないのだろうが、私には抑えようにも抑えきれない衝動に突き動かされているように思えて、個人的には、発作のようなイメージで捉えている。

安定した気持ちで毎日を送れるように、パニックの種を作らないのが一番いいのだが、何がパニックの原因になるかは、千鶴が成長するにつれて変わるし、そのときの体調、周りの環境にもよるので、いつもいつも防ぐということはできない。

パニックを起こしそうになっても、何とか抑えることを覚えてほしい。それができれば、一緒に暮らすことが本当に楽になるのに。それは、自閉症児を抱える家族に共通の強い願いだと思う。でも、本当に難しい。今のところは、パニックを即効で抑える方法というのはない。本人が自分の力で平静さを取り戻すまで、待っているしかないのだ。

◆裏返しのバイバイ

佐々木先生の紹介で、二歳になってすぐ、「横浜市自閉症児・者親の会」に入会し、先輩のおとうさん・おかあさんや、同じように障害の宣告を受けたばかりで途方にくれている若い両親たちと知り合う機会を得た。また、保健婦（保健師）さんの紹介で鶴見区の障害児の訓練会にはいり、週一～二回、リズム体操や散歩、生活訓練などに通い始めた。

そのころの千鶴は、「セサミストリート」のビデオが大好きで、ほっておくと何時間でも見ていた。おばあちゃんが買ってくれたビッグバードのぬいぐるみをどこにでも持ち歩き、訓練会では私と離されるのが耐えられず、大泣きする日が何カ月も続いた。

自閉症の子どもは認知能力が低いので、重症の場合は母親がわからないということもあるそうだが、千鶴はとにかく私にしがみついて生きているような状態だった。おむつもなかなかとれず、偏食もひどく、二歳上のおにいちゃんと比べると寝つき、寝起きが本当に悪く、生活面での育てにくさに四苦八苦していた。

そのころの千鶴のことで、自閉症の特性がよく現われていると思う小さな事柄がある。

障害児の訓練会で一緒になった、千鶴と同じように発達の遅れた子どもの母親たちと、いろいろな話をしているときによく話題になったのが、自閉傾向のある子どもたちの、「バイバイ」のしかただ。

バイバイは、たいていの赤ちゃんが最初にできるようになる「芸」だろう。かなり月齢の小さな子でもできることがある。他人に語りかける、もっとも初歩的なボディランゲージのひとつという感じだろうか。私たちの子どもは訓練会にはいったころが、やっとバイバイができるようになったくらいの時期だった。

その覚えたてのバイバイが、自閉の子の場合、

2歳半。親戚宅の庭にて。お気に入りのビッグバードを片時も離せなかった。

手のひらを自分のほうに向けて、相手には手の甲を見せてやることが圧倒的に多い。なぜ、そうなるかというと、自分に向けられているバイバイは、こちらに手のひらを向けているからなのだ。見たままの形に、自分の手もしているというわけ。千鶴はバイバイをしながら、相手の手と自分の手を見比べたりしていた。

自分にバイバイをしてくれている相手のメッセージを受け取り、体全体の同じしぐさで自分も返すという簡単なことが、特に小さい時期の自閉症児には難しく、しつこく手を振りつづける相手の手のひらだけを見つめて、ただ、自分の手のひらも同じように動かしているだけのようだった。

バイバイくらいは成長し、経験も積むうちに、普通にできるようになったが、こんな根っこのところから障害をかかえているわけだから、コミュニケーションが何かとうまくいかないのも当然かなと思う。

◆腹をくくった父と母

一般的に、父親たちには仕事という逃げ場があるので、子どもが先天的な障害をもち、一生その障害をもったまま生きていくという現実になかなか直面することができないものだ。夫も同じだった。そんな夫と足並みが揃い始めたのは、彼が横浜市の「自閉症児・者親の会」の夏の宿泊合宿の手伝いに駆り出されてからだ。

そのとき二歳半だった千鶴と私は訓練会の宿泊と重なっていたので参加できず、夫は四歳の正和を連れて行ったのだが、そこで、成人の自閉症の人たちといきなり三日間をともにするという荒療治をうけた。そのころはまだ千鶴は幼すぎて、自閉症の症状が出きってない段階だったから、自分の娘しか自閉症児を見たことがなかった彼には、迫力満点の自閉症の若者たちとの出会いはかなり強烈なものだったらしい。夫はもう少し現実から目をそむけていたかったのではないかと思うが、この時、いやおうなしに自分の運命と真正面から向き合わざるを得ない状況を作ってもらうことができたのは幸いだったと思う。

この時点で、私は訓練会などで自閉症について多少なりとも勉強し、経験も積んでいたので、何も知らないで出かけていった夫がどんなにショックをうけたかと想像すると少しばかり気の毒になったほどだが、結果的にはこれで、父親と母親の足並みが揃い、腹をくくることができた。自閉症という障害は簡単に治ってしまうような生易しいものではないと。

そして、私もこのころからだんだんにふっきれていったように思う。千鶴の障害を「治そう」としてやっていたことを三歳になるころには全部やめてしまった。自然食は鍼の先生にすすめられてやっていたが（東洋医学は生活全体で病気を治していこうというものなので）、障害児のための通園施設に通い始めると給食を食べさせることに反対されたので、治療を続けることをあきらめた。玄米食だけは家族の健康のためにもいいことなので続けていたが、一九九三年の米不足の折に減農薬の玄米が手に入らなくなったので、これも断念。一度、白米に戻ってしまうと、もう二度と玄米の生活には戻れなかった。宗教に関しては、高校時代の友達から、ぴしっと的確な助言を受けて、「目が覚めた」というほかない。

◆障害を受け入れる——三歳から四歳、通園施設での成長

三歳になった春、千鶴は、横浜市の障害児のための通園施設に通い始めた。

その年は入園希望者がとても多く、年齢が上の子どもからとっていくので、三歳でしかも早生まれの千鶴は、はいれるかどうかぎりぎりまでわからなかった。入園の決定の電話を児童相談所からもらった時は、我が家ではそれはもう、名門の私立幼稚園のお受験に受かったかのような喜びようだったものだ。

初めは母子で通園し、一週間ほどならしたところでいよいよスクールバスに乗せて千鶴だけで登園する朝がきた。それまで母子分離がずっと課題だったので、かなりの修羅場を覚悟していたが、そんな私を拍子抜けさせるほどあっさりと、千鶴はバスに乗りこんでいった。バスのステップに小さな足でかけたあの一歩は、千鶴の人生にとって大きな意味をもつ、自立への一歩だった。

ひとりで家に帰ってきたときのことを今でも覚えている。今まで千鶴がそんなに重荷だったの

かと自分でも怪しむほど、体がふわふわして落ち着かず、足がガクガクして立っていられないような、変な感じだった。

しばらくすると給食も始まり、私は昼間のまとまった時間を自分のために使えるようになった。私にとっても、千鶴の入園は自分の人生でひとつの節目だったと思う。

結局、私が元気を取り戻し、前向きに千鶴の育児に取り組むことができるようになったのは、支えてくれる人たち、仲間、先輩たちとの出会い、そして、何よりも千鶴自身の成長のおかげだった。「障害をもつ子でも、ずっと同じ所にとどまっているわけではないよ。ゆっくりとではあっても、少しずつ前に進んでいくよ」と、先輩のおかあさんに言われた時は、実感のある言葉だけに本当に励まされた。

3歳。通園施設の園庭にて。ここで撮られた写真は笑顔ばかりだ。

その言葉どおり、通園施設に通い始めてからは、まるで花が開くように千鶴が生きる力を伸ばしていくのを、目の当たりにする毎日だった。

千鶴が二年間お世話になった通園施設は、駅から歩いて一〇分足らずの便利な所にあり、区の図書館と抱き合わせのようなかたちで同じ建物の中に入っていた。一クラス定員一〇名に、先生が三、四人つき、月曜日から金曜日まで、完全母子分離で発達の遅れた子どもたちの療育にあたってくれていた。いわゆる専門家はいなくて、保母（保育士）さんと横浜市の福祉関係の職員が先生だった。

横浜市は発達の遅れた子どもたちへの対応として、各地区に、機能を充実させ医師も配置した大規模な療育センターを設置しているが、当時住んでいた地域はたまたま療育センターの建設が遅れていたので、昔ながらの通園施設に措置されたのだ。でも、たぶん、千鶴と私にとっては、この通園施設に通うことができたのは本当に幸運だった。そう思わずにはいられないほど、ここでの療育は素晴らしかった。

いろいろなタイプの障害をもつ子どもたちの、それぞれの発達に合わせたきめこまやかな指導法や身辺自立を促すための工夫に、目からうろこが落ちる思いをしたことが何度もある。一つひとつを今具体的に思い出せないのが残念だが、ひとつだけ、今もはっきり印象に残っているのが、ズボンがはけるようになるためのテクニック。

子どもがふたりはいれるほど大きなパンツを用意して、「鬼のパンツはいいパンツ～」と歌いながら、子どもを誘う。うまくはけたら、先生がふたりでパンツの両端を持って、歌に合わせてブランコみたいに子どもを揺らしてあげる。パンツがものすごく大きいので、はき方がとてもわかりやすく、また、揺らしてもらいたいので子どもたちは一生懸命はこうとするのだった。

それまで誰にもなつこうとしなかった千鶴が、ここで初めて、私以外に大好きな人を見つけた。社会人になったばかりで、千鶴と一緒に入園してきたクラスの担任のS先生。彼女を心の支えにしながら、千鶴はここでの生活をしっかり楽しみ始めた。かたくなだった表情が日に日に明るくなり、訓練会ではなかなかやろうとしなかった歌や手遊びもどんどんできるようになった。給食がおいしかったので偏食もずいぶん直り、数カ月でおむつもとれた。最初の一年で本当にびっくりするくらいの成長を見せてくれた。

◆ママと呼んだ日

千鶴の障害がわかった時、一番悲しかったのは、この子と一生おしゃべりができないのかもしれないということだった。

佐々木先生に思わず涙声になりながら、「お話できるようにはならないんでしょうか」と尋ねると「それはわかりませんよ、できるようになるかもしれませんよ」と、力強く言ってくださった。

けれども、一歳から三歳くらいまで、千鶴の漂わせていた雰囲気からは、自分から誰かに話しかけるような気配すら感じられなかった。耳は聞こえていて、発音もでき、言葉をしゃべる機能に問題はないので、三歳になったくらいから、興味のあるものや好きなものの名前は覚えて、言うこともできるようになっていたが、自分の口から出る言葉をコミュニケーションの手段として使うということはまるでわからないようだった。私に用事があるときは、私の手をつかみ、取ってほしかったり、動かしてほしかったりするもののそばまで連れて行って、私の手をその品物のそばにぐいーと近づけながら、察してくれるのを待っているという具合。これは自閉症児特有のしぐさで、クレーン行動という。「ママって、呼ぶんだよ」と、ときどき教えていたが、わからないことをしつこく言うと混乱して不安定になってしまうので、教え込むということはできなかった。

千鶴が私をママと呼ぶ日がもし来たら、その日は私にとって一生忘れられない日になるだろうと、そのころはそのことを考えただけで涙が出そうになるほどだった。障害児の母親として、まだまだかなり感傷的な気分で生きていた時期だったのだ。

もうすぐ四歳というころのクリスマスに、兄の正和がプレゼントにもらったピコ（ＰＩＣＯ）というコンピューターゲーム機に千鶴は興味を示し、おにいちゃんが遊ぶのを見ていて、自分も手を出し始めた。自閉症の特徴として、視覚に訴える情報は、耳に入ると消えてしまう話し言葉の情報よりもはるかに扱いやすい。千鶴はゲームができるようになると、すっかりはまってしまって、画面の前に座り込んだまま動かず、もうしなくなっていたおもらしをしてしまうほどだった。

できるようになったとはいっても、ところどころ千鶴の手には負えない箇所があり、そんな時には、そばにいるおにいちゃんや私にかわりにやらせていた。

ある時、やはり途中で行き詰まって、誰かに助けてもらおうとした時に、たまたま私も正和も近くにいなかった。普通だと、だまって部屋を横切って、私を引っ張りに来るところだが、ゲームの時にはとにかくその場を離れられない状態だったので、座ったまま、何とか私に来てもらわねばならなかった。私は、わざと知らないふりをしていた。千鶴はゲームの画面と私のほうを何度も代わる代わる見た挙げ句、切羽詰まって「ママー」と呼んだのだ。

「はーい」と答えて、ゲームをすすめてあげた。またすぐにゲームに没頭し始めた千鶴を残し、夕食の支度を続けながら、私は何だかおかしくて、ひとりで笑ってしまった。長い間、すごく感動的なシーンを夢見てきたのに、「ゲームに行き詰まってしかたなく、ママと呼んだ」と思うと……。もちろん、じわりとこみあげてくるうれしさはあったが、親の勝手な思い入れに見事に肩すかしを食らわしてくれたことがいかにも千鶴らしく、「あたしを育てるのに、余計な感傷は無用よ」というメッセージをもらったような気がした。

◆普通の子どもたちとの生活——五歳、保育園での一年間

温室にいるような通園施設での二年目が終わろうとするころ、私は小学校に上がるまでの一年間を千鶴にどこで過ごさせるかについて悩んでいた。通園施設に残るか、障害児枠のある保育園にいれるか、という二つの選択肢があった。障害児枠がある場合、一クラスに三人まで障害児を受け入れ、その三人のためにひとりの保育士がつくことになっていた。それならば千鶴でも何とかやっていけるかもしれない。

このまま通園施設に残っているほうが千鶴は安定して過ごすことができるだろうとは思ったが、千鶴の知的遅れの程度、自閉症の障害の特性を考えて、小学校は特殊学級（特別支援学級）か、県立の養護学校にいれることを決めていたので、普通の子どもたちと日常的に一緒に過ごすチャンスはこれが最後だった。人生に一度くらいそういう体験をさせてみたいとも思い、結局、区内にある市立の保育園の年長クラスにいれてもらうことになった。

その保育園には千鶴より一年先に、通園施設のひとつ年上の男の子が通っていて、その子のおかあさんから、とてもいい雰囲気の保育園だということは聞いていた。その言葉どおり、子どもたちは伸び伸びとして、先生たちも仕事に対して意欲満々でプロフェッショナルであるという印

象を受けた。クラスの障害児担当のN先生は私と同じくらいの年齢のベテランで、障害児を担当するのは初めてということだったが、大変に熱心で、心から千鶴を理解しようとしてくれるのが伝わってきた。クラスには、もうひとり障害児枠で入園した男の子がいたのだが、彼がとてもスムーズに集団生活に適応していったのに比べて、千鶴にとって保育園での生活は予想以上に厳しいものだった。そのため実際には、N先生は一年間ほとんど千鶴にかかりっきりになってしまった。

◆保育園でのエピソード

保育園で過ごした一年。そこでは障害児の通園施設にいるだけでは知り合えなかったであろう、たくさんの人たちと触れ合うことができた。しかし、千鶴の弱さ、障害の重さ、自閉症の難しさをいやというほど思い知らされる日々でもあった。千鶴の上には正和という二歳年上の兄がいるので、自閉症児と健常児との違いはよくわかっているつもりでいた。けれども、施設の中でしか千鶴を見たことがなかった私は、いざ健常の子どもたちの集団の中に千鶴をいれてみると、自閉症という障害をもっていることが集団生活を送る上ではどれだけハンディキャップになるか、自閉症ではない子どもたちとどれだけ大きな差があるかということに唖然とした。それを痛切に感じた出来事をふたつ紹介しよう。

まずひとつ目は、プール開きの日のこと。千鶴は水遊びが好きなので、これをきっかけに保育園がもっと楽しめるようになったらと、私も心待ちにしていた。けれど、あいにくとその日は朝から土砂降り。水着を持っていくと、千鶴は雨が降っていようがいまいがプールにはいるつもりになってしまうので、保育園で混乱しないように、「今日は雨だからプールはないよ」とあえて水着は家に置いていった。しかし、保育園に着いてみると、なぜか子どもたちはみんな水着を着て楽しそうにはしゃいでいる。それを見て、「水着、水着!」と半べそで騒ぎ出す千鶴。

担任の先生がすぐやって来て、申し訳なさそうに説明してくれたことには、「せっかく子どもたちが楽しみにしていたので、部屋の中でプー

5歳の夏、家族で伊豆大島に旅行。おとうさんに抱かれて私がカメラを向けても、笑顔で写れるようになっていた。

ル開きごっこをすることになった」というのだ。担任の二人の先生は千鶴が混乱してしまうだろうということはよくわかってくれていたのだが、園全体の行事なので、しかたなかったのだ。

それを聞いた時の感想は正直言って、「やられた！」という感じ。通園施設にすっかり慣れてしまっていた私には、思いもつかない発想だった。その場にないものをあると見たてて楽しむ「ごっこ」遊びは、言葉の理解力や想像力に乏しく、ほとんど視覚のみに頼って生きているような自閉症の子どもにとっては、あまりにも高度だ。プール開きごっこなんて、千鶴にはまったく理解不可能なイベントだったが、千鶴よりずっと小さな子どもたちまですっかり楽しんでいるのを見て、普通の子どもたちの遊びの世界はこんなに豊かに広がっていくんだなあと、その「力」に改めて気づかされたのだった。

ふたつ目は避難訓練。通園施設でも避難訓練はあったが、もちろん子どもたちのレベルに合わせて先生方が手を引いて誘導するようなものだった。保育園の避難訓練は、年長クラスともなると、園長先生のスピーカーからの指示によって子どもたちが動く。

登園を渋って、遅刻していくことの多かった千鶴は、その日も一〇時近くに園に着いた。もちろん、子どもたちは勢揃いしていて、千鶴が来たのを見つけると、世話好きな子たちがわらわらと靴脱ぎ場のすのこのところに集まってきて、何かとかまってくれる。

私は子どもたちが千鶴とかかわってくれることがとてもうれしいのだけれど、千鶴は、申し訳ないけれども、それがかえってつらかったりするのだ。子どもたちに囲まれると固まってしまって、動けなくなったりして、なかなか部屋にはいれない。それを察した敏感な男の子が、「ちーちゃんは寄ってこられるといやなんだよ！」とほかの女の子を制したり、それでもめたりと、ちょっとした騒ぎになってしまう。

この日も千鶴は部屋にはいりたがらず、すのこのところで数人の子とドタバタしていたが、その時、園長先生の声がスピーカーから流れてきた。

「地震が起きました。みなさん、机の下に避難してください」

すると、千鶴の周りにいた子どもたちは、さあっといなくなって、教室にはいると自分の机の下に急いでもぐりこんだのだ。千鶴には放送の内容などわからないから、クラスの子どもたちがみんな突然机の下にもぐってしまったので、びっくり。ぐずっていたのも忘れて、あっけにとられて、教室の中をうかがっていた。しかし、やっとひとりになれたとほっとしていると、また、園長先生の声が。

「みなさん、地震はおさまりました。静かに園庭に出ましょう」

すると、机の下にいた子どもたちがいっせいに立ち上がり、すのこの上に座り込んでいる千鶴のほうに向かってくるではないか。千鶴は大あわてで、別の入り口から建物の中に逃げ込む。廊下から部屋をのぞくと、みんなは園庭で整列しているので誰もいない。安心して中にはいったとたん、避難訓練が終わって、子どもたちがいっせいに部屋に戻ってくる。またまた半泣きで逃げ出す千鶴。

誰も千鶴のことなど気にしていないのに、ひとりで右往左往して騒いでいるのを見ていると、ちょっと笑ってしまった。でも、本当にかわいそうでもあった。「声だけの合図で集団が動く」のが社会では当たり前のことだが、自閉症という障害をもつ人間にとっては神業のように思えるのではないだろうか。この人たちが手がかりもなしに、この世の中でやっていくことの難しさをつくづく感じた出来事だった。

◆障害児の親

冷静になって周りを見てみると、障害児の親というのは、極端な言い方をすれば、自分の子どもの能力を少しでも伸ばすことに全力を尽くすタイプと、子どもの障害のことは治らないものとあきらめて、障害児が少しでも生きやすい環境を作るために社会への働きかけに奔走するタイプに分かれているように思えた。それは、親の人生観や性格にもよるが、子どもの障害がわかってからの時間の長さが多分に影響すると思う。私たちが千鶴の障害を知ったのは一歳四カ月の時だから、かなり早い時期から覚悟を決めることができたわけだ。

我が子のうえに万にひとつも起こりえない奇跡を待っているよりも、どんな障害をもっていても安心して生きていけるような社会を作っていくために、今自分たちにできることをやっていくことのほうが、回り道のように見えて、結局は確実に千鶴のためになると思った。

もしかしたら、千鶴の生きている間には間に合わないかもしれないが、それは不毛の努力ではないだろう。今、私たちが障害児の娘と一緒でも、まずまず普通に幸せに暮らしていられるのは、何十年も前、公然と知恵遅れの人たちが差別されていたころから、障害児をもった親たちが子どもたちのために社会を変えようと努力してきてくれたおかげなのだから。

と、少し大きなことを言ったが、白状すると、効果が現われるかどうかわからないことをこつこつと続けていく根気がないことも、いろいろなことをやめてしまった理由のひとつ。飽きっぽい性格で！「何ひとつ続かないな」と夫に馬鹿にされても、一言もない私なのだった。

◆障害受容への第一歩──今思うこと

息子が卒業制作で撮った映画「ちづる」はいくつかのマスメディアが取り上げてくれた。インタビューの中で息子が、「映画を作る過程で自分自身の心に潜む差別に気づいてとてもショックだった」と語っているのを見て、私にもそういう瞬間が確かにあったのを思い出した。子どものころから差別をしてはいけないと頭ではわかっていて、障害をもつ人への同情はあったかもしれないが、心の底では健常者とははっきりと線を引いて、あちら側の世界の人たちと位置づけていたのだ。

自分の中に差別がある。だから千鶴の障害を受け入れるのがつらいのだと気づいた時、私もやはり息子と同じように涙が止まらなかった。けれども、そのことに気づいてからは本当に気持ちが楽になった。もちろんハイパーな自閉症児を育てる大変さは何も変わらなかったが、それについてとんちんかんな感傷に浸ることはだんだんになくなっていった。

自分自身の問題であることに気づく。それが、千鶴の障害を心から受け入れるためには不可欠だった。そのことを息子が思い出させてくれた。そして、息子もやっとその境地に到達できたことがとてもうれしい。

8歳。「横浜市自閉症児・者親の会」が毎年開催していた作品展の会場にて。この年のポスターには千鶴が描いた絵が使われた。

第二章

日記 ～一九九九年七月から二〇〇六年七月まで～

13歳、中２の秋。養護学校の宿泊学習で足柄へ。学校に行くのがだんだん難しくなり始めたころだが、大好きな先生にくっついて楽しく過ごせたらしい。

■一九九九年　四人家族の充実した年——ちづる九歳（小四）

九歳、小四の運動会。みんなと一緒に行動するのが苦手な千鶴は、たいていこんなふうにひとりでふらふらしていた。

この章では当時の日記（ブログ）をそのまま使っている。千鶴のことは「ちー」またはひらがなで「ちづる」、正和のことは「カズ」または「おにい」と書いているのも、子どもたちを普段「ちーちゃん」「カズ」と呼んでいるのがそのまま出ているものだ。

九九年は正和が小学校六年で、家族との外出や旅行につきあってくれた最後の一年だった。休日はよく家族全員で出かけていた。私は「横浜市自閉症児・者親の会」で事務局と会報編集のお手伝いをさせてもらい、忙しいながらも充実した日々だった。

◆七月二日（金）晴れ　モンスターにへんしーん

先日、病院でもらってきた風邪薬がききすぎて、ちーは、飲んだ翌日は一日中爆睡。学校にも行けなかった。それ以来、睡眠のリズムがすっかり狂ってしまって、毎朝、寝起きの悪いこと、悪いこと。

今朝も「学校行かなーい」というのを、何とかなだめすかして家を出た。

スクールバスには間に合わなかったので、路線バスで学校に向かう。養護学校のまん前のバス停に止まるバスに乗り込むと、同じく遅刻らしい高等部の男の子がひとりで乗っている。

ちーは、「降ります」の合図のチャイムをこのおにいちゃんより早く押すのだと決心したらしかった。あせるあまりに、ひとつ前のバス停でチャイムを押そうとするので、「ちーちゃん、まだだよ」と、止めていたら、こちらもフライング気味の高等部の子にまんまと押されてしまった。「やば」と思った瞬間、案の定、顔つきが変わった。モンスターにへんしーんだ。

今日は私も極力穏やかに接して、パニックを起こさせることなく、ここまで連れて来たのに、「水の泡だわ……」とため息が出た。「もう、学校行かない！」と暴れまくるのを、何とか、バスからひきずり下ろし、抱え込んで、ガッツで広い道路を渡りきった。

ひと呼吸おいてから、校門のところまでひきずっていくまでに、向うずねは蹴るわ、胸にかみつくわ（痛いヨ！）、靴を脱いで畑の中に投げ込もうとするわと悪行の限りを尽くす。

ひとりで教室まで連れていくのは時間がかかりすぎると判断して、そこから、携帯で学校に電話をかけ、担任の先生に迎えに来てもらった。本当にケータイは自閉症児の親の必携アイテムである。

それから、近くの養護学校のＰＴＡ仲間の家に集まって、パッチワーク。ろくに手は動かさず、馬鹿話ですっかりストレス解消した。

帰りのスクールバスから降りてきたちーはにこにこ顔。パニックを起こした後は、たいていすっきりして、機嫌がよくなるのが常で、学校でも気分がおさまったあとは、調子よく過ごせたそうである。

◆七月一一日（日）　テレビへのこだわり

八時からＮＨＫの「元禄繚乱」を見る。番組の最後に赤穂浪士のこぼれ話を紹介するミニコーナーがあって、アナウンサーが語り部ふうに「その日から、三〇〇年の時がうつろい……」と言うのを、いつも、カズと一緒に真似していたら、ちーも参加するようになった。私たちと違って、顔つきが真剣なので、笑ってしまう。

日曜夜八時に大河ドラマを見るというのは、ここ何年か続いている家族の習慣なので、当然、ちーにもパターンとして認識されていて、かなりヘビーにこだわっている時期もあった。最初からきっちり見ないと落ち着かないらしく、七時五〇分くらいから、「一メガネ、一メガネ！」と騒ぎ立て、ＮＨＫ（一チャンネル）に変えてしまう。一メガネというのは、この時間にＮＨＫでやっている「クイズ日本人の質問」の司会の古舘伊知郎のことである。一チャンネルでメガネをかけている男という意味。このころ、「笑っていいとも」のタモリのことは「八メガネ」、野球中継のことは「帽子」と呼んでいた。画面に映っている人間が全員帽子をかぶっているのが、印象的だったんだろうなあ。そういえば、ほかにはそんな番組はないような気がする。

サッカーのワールドカップの予選の中継と時間帯が重なった時は、大変だった。どうしても試合をリアルタイムで観たい男どもと、いつもどおりの習慣を貫きたいちーとの壮絶なバトル……。どっちが勝ったか忘れたけど、そのあと、とうとうセカンドテレビを買ったのだった。

しかし、こだわりにも、はやりすたりがあり、近ごろはテレビに対するこだわりがずいぶんなくなったと思う。以前はテレビのある部屋にいる限りは、消すことができないほど、テレビをつけていること自体にこだわっていたが、今は消していてもパニックにはならなくなった。パソコンがきて、画面が二つになったので、注意が分散したのかなと一応解釈している。でも、本当のところはわからない。ちーに聞いてみないと。聞いてみたいことが山ほどあるよー！

◆七月二五日（日）晴れ　キャンプ一日目

二泊三日で、念願のキャンプに行く。

テントを張って、シュラフで寝るというのをずっとやってみたかったのだけど、ちーの反応が不安で、なかなか踏み切れなかったのだった。一番の心配がトイレのことで、三年くらい前に旅先の和式トイレで失敗してから、きれいな洋式のトイレでしか用を足せなくなり、そのこだわりがかなり強かったのである。

今回、思いきってキャンプをやってみることにしたのは、ゴールデンウィークに、あるオートキャンプ場のコテージにまず泊まってみて、そういう空間の雰囲気をちーが楽しめそうなのを確認できたこと、それから、今回利用した「御殿場まるびオートキャンプ場」を、その時に下見して、トイレがちーの許容範囲にあることもチェックできたからである。

「まるび」はできてから一年くらいの新しいキャンプ場で、ホームページに全体のマップと、その中にいくつか示されたポイントから撮影した写真が載っていて、予約する時に空いていればサイトも指定できる。我が家は少々周りに気を使わねばならない事情があるので、そういう点がとても使いやすい。それから、ちーに「ここに行くんだよ」ということを伝えるのに、視覚に訴える情報がふんだんにあるというのが大変に好都合なのである。自閉症の人は目に見える形で情報を示してあげないと、なかなか頭にはいっていかないという弱点があり、トラブルを少しでも少なくするためには、情報の伝え方を工夫する必要があるのだ。

そういうわけで、事前の根回しは万全。クーラーがこわれていた車の修理も前日に終わり、いよいよ出発。

「まるび」には一一時ごろ着いた。陽射しは強いが、風が涼やかで何とも気持ちよい。初め、場内の一番端っこの隔離されたようなサイトを予約しておいたのだが、次の日が平日なのでがらがらで、どこをとっても隣のサイトに気兼ねをするようなこともなさそう。そこで、ちーがすぐに気に入ってしまったブランコが見える場所で水場も近いサイトに替えてもらった。

昼食と買い物をすませて戻ってきてから、いよいよテントとタープ(1)の設営。何せ狭い家なので、ためし張りもできないまま持って来てしまったが、意外と簡単で、ブランコや売店の間をちょろちょろ走り回るちーの姿を目の端にいれながら、三人であっという間に組み立てることができた。

あとは夕食まですることがない。何という幸せ！

ちーも風通しをよくしてあげたテントの中でさっそくおえかきを楽しんでいる。そういえば、この子は狭い空間が好きなのだ。カズも退屈だと言いながらも、ちーをからかったり、場内を散策したりして、うれしそう。いつもは邪魔にしている妹だが、何となくそばにいて見ていてくれる。木陰に座って、週刊誌のパズルを解いているうちにうとうとした。夫はコット(2)でいびきをか

（1）（2）タープは、屋根だけのテントのようなもの。コットは、キャンプ用の簡易ベッド。

いていた。木立に切り取られた空の色の青さが心に染みる。

外に、ちーと一緒にいるのに、こんなにリラックスできるなんて夢のようだ。

夕食はホットプレートで焼肉と簡単にすませ、歩いて数分のところにある温泉センターへ。キャンプ場にコインシャワーはあるけど、せっかくだからね。実はここが今回の旅行の一番の難関だった。というのは、一年くらい前から、ちーは私と入浴することをものすごくいやがり始め、それがだんだんエスカレートして、私がひとりで入浴することすら我慢できなくなっているのである。今は、それが一番強いこだわりで、しかたがないので、私は、普段はちーが学校に行っている間や、寝ている間に入浴しているという状態。

いつもと違う生活空間にいるということで、こだわりもまぎれるのではないかと思ったが、やはりだめだった。女湯の入り口の所で、私を押しとどめ、「おかあさん、ばいばい」と必死で手を振り、ひとりではいろうとする。まさか、こんなところにちづるをひとりでいれるわけにはいかないので、泣く泣く入浴をあきらめた。ふたりで入浴料一三〇〇円のムダなり。

ほのかに石鹸のにおいをさせ、足の裏のマッサージまでやって戻ってきた夫は、帰り道すがら、ちーに、「キャンプ場に戻ったら、おかあさんはシャワーを浴びるからね」と懇々と言い聞かせた。ちーも、私がかなりむっとしていることも感じているらしく、別々にシャワーを浴びることくらいは我慢せねばと思ったらしかった。家ではそれすらできないのだから（こっそりシャワーを浴びることができても、私の髪がぬれていることに気づくとそこでパニックになってしまう）、ちーとしては努力しているのだと認めてあげるしかない。

「まるび」では、毎晩焚き火をしてくれて、飲物かアイスのサービスがある。売店に行って、好きなものをひとつ選んでもらってくるのだが、ちーはいつものように品物をお店の人に差し出そうとし、「いいんだよ、もらえるのよ」と言われて、「うれしい驚き！」を絵に描いたような顔をした。これだけで、このキャンプ場が大好きになったんじゃないかしら。

夜は、子どものときにキャンプの経験がある夫を除き、寝袋に寝るという初めての体験。明かりを消すと全員瞬く間に寝てしまった。熟睡した。

◆七月二六日（月）雨のちくもり　キャンプ二日目

雨がテントをたたく音で目覚める。かなり激しく降っていたけど、テントの中は快適なままなので、ちょっとうれしい。外に干しておいたタオルはもちろん全部ぬれてしまったが……。台風の影響で不安定な天気だということなので、雨が降ってもいいように、いろんなものをタープの中央に集め、伊豆方面にドライブに行った。昼食は海辺の定食屋でとった。魚がものすごくおいしかったのだが、ちーは刺身が食べられないので、いつものごとく、揚げ物ばかりのお子様ランチで気の毒だった。

世の中には、おいしいものがいっぱいあるのだから、いろいろな味を楽しめれば幸せなのに、食べ物に対しての気難しさは前よりもひどくなっているなと思う。

「まるび」の管理人さんは話好きでやさしそうなおじさんで、着いた時に「下の子は知的な遅れがあるので、売店のほうに用もないのにお邪魔すると思いますけど、悪さしたらしかってやってください」と言ったら、「障害のある人もよく来ますよ。そんなことは気にしっこなし」と言ってくれた。

ほかのスタッフの人たちも同じように暖かい雰囲気だった。ちづるはそういう空気を敏感に感じとるので、ずっと上機嫌で過ごせたのかもしれない。夜、またキャンプファイアーが始まる前に、テントとタープらしき絵を書いて、売店に持っていってしまった。スタッフの人に無理やり渡している。困っていたようだったので、「何のつもりなんでしょうね、おほほ」と何となく取りかえして来たが、ちーは、また、それを持って、ぴゅーっと売店に飛んでいって、今度は管理人さんに「はい」と渡している。しかたがないので、「ごめんなさい、どうしても渡したいみたいで」ともらってもらった。アイスのお礼のつもりかしらん。

◆九月五日（日）晴れ　「はだかんぼうになっちゃだめよ！」

カズは運動会のリレーで足を引っ張らないように自主トレーニングを始めた。今日はみんなでつきあおうと、涼しくなってから家を出た。初め、スポーツ施設のトラックを使うつもりだったのだが、家を出るのが一足遅くて閉館間際だったため、行き先を岸根公園に変更した。

私は本当は、岸根公園には行きたくなかった。なぜかと言えば、岸根公園には素敵なアスレチックがあり、そのたもとには、小さな子どもたちがパンツのまま、はいって遊ぶようなジャブジャブ池があるからなのだ。今日は、ちづるの着替えもタオルも持ってきてない。いやな予感がしたのだが、ぐずぐずしていると時間がなくなってしまうので、しかたなく、岸根公園に到着。

ここはちづるの通っていた通園施設の運動会が行われていたほど広い公園で、ジョギングのコースはアスレチックのある所からはずいぶん離れている。何とか、気をそらしてちづるがアスレチックに行くのを阻止できるかもと思ったのだが、おにいちゃんとおとうさんが走っているのを見ていてもつまらないのは無理もなく、「おかあさん！　あそぶ！」と、気持ちはすっかりアスレチックへ飛んでいっている。「じゃあ、お水にはいっちゃだめだよ」と、力をこめて言うと、殊勝に「はい」と言う。アスレチックに近づいてくると、ぴゅーっと風のように走っていってしまった。よちよち歩きの子もたくさん遊んでいるが、パニックを起こしていない時は穏やかな人なので、ちづるは上手に距離をとりながら、いろいろな遊具で遊び始めた。危なげないので、つい目を離し、しばらくの間、ちづるの姿を見失ってしまった。

と、すぐ近くで、〝ぽちゃん〟とせつないような水の音がした。池のふちで足を滑らせて、しりもちをついてしまったやせっぽちの女の子。それは思ったとおり、ちづるだった。ピンクのズボンがびっしょり。あ~あ、やっぱりやっちゃった。

「服がぬれたら人前でも即、脱ぐ」のはもう、ほとんど自閉症児の鉄則だ。男の子だって困るのだが、女の子の場合はもっと深刻。親にとって頭の痛い問題のひとつである。

先日も、おにいちゃんの友達が何人か遊びに来て、ゲームをしているのを見ているうちに眠り込んでしまい、汗びっしょりで目が覚めたとたんに、その場で洋服を脱ぎ始めてしまった。「ちーちゃん、そこではだかんぼうになったらだめ、はずかしいんだよ!」と必死で言い聞かせ、別の部屋に無理やり連れていったら、ものすごいパニックになった。誰もいないときはよくて、誰かがいるときはどうしてダメなのか、恥ずかしいという感情がない子にどうやって教えたらいいのか。真剣に取り組まなくてはと、それまでわりといいかげんだったことを反省したのだった。

今日もたぶんわかってくれないだろう。十中八九、今、この休日の昼下がりの公園ですっぽんぽんになってしまうなと覚悟を決めたのだが、ちづるの顔を見ると、意外にも申し訳なさそうに笑っている。お尻にはりついたズボンを気にしながらも、脱ごうとはしない。水にはいらないと約束したのに、破ったことを悪いと思っているようなのだ。車までずいぶん距離があったのだが、ずっと我慢して歩いていた。「はだかんぼうになっちゃだめよ!」と自分に言い聞かせるようにつぶやきながら……。

すごくかわいかった。わかってくれたのかな。未来が少しだけ明るくなったような気がした。

◆九月二一日（火）曇りのち雨　りかこさんのお迎え

今まで、ちづるを育てていて、時折、ほんの二、三時間だけでも、心置きなく彼女を預けられる人がいたら、普通の生活ができるのになと思うことが多かった。私たち夫婦は実家はどちらとも福岡だし、すぐ近くに頼れる親戚のおばちゃんみたいな人がいるわけでもない。ちづるのお迎えの時刻にシンデレラのように縛られている私は、とにかく午後二時半以降の自由がない生活である。これをこれからもずっと続けていくのかしらと思うと、やはりちょっとしんどい。

ちづるがごく小さいころは、カズを病院に連れて行く時など、同じマンションの仲良しのおかあさんに頼んだりできたのだが、親しい人がどういうわけかみんな引越してしまって、今の私は、カズのクラスの懇談会に出たり、役員を引き受けたりという当たり前なことをあきらめてしまっているような状態。障害児をもつ核家族の現状はだいたい似たようなものではないかと思う。ボランティアさんを探して……という手もあるが、もし、その人にちづるがなつかなかったら？　などと考えると気が重く、実行に移せないでいた。

ところが、こんな我が家を救ってくれる人が現れたのである。自閉症の若者のグループホームの運営にかかわっていた青年が、学生時代に自分のはいっていたボランティアサークルの後輩たちをメンバーに登録して、障害児のいる家庭をサポートするケア事業を起こしたのである。彼はこれで生活していくつもりなので、もちろん有料。ビジネスである。このビジネスというところが私たちにはぴったり。どうしてかというと、私とちづるには常人には理解しがたいさまざまな特殊事情があるので、できるかぎり無理をきいてほしいからで、そのためには仕事と思ってやってくれる人のほうがよほど頼みやすいのである。派遣された人がもしちづると合わない場合でも、はっきり言いやすいというものである。

夏休みにはいってすぐ、さっそく登録して、代表者の杉本さんと、ちづると一緒に面談した。ちづるはファミリーレストランでお子様ランチをとってもらって、おとなしくていい子だったので、いつもこんなふうだと誤解されるのはまずいと思い、パニックを起こすと豹変するのだと強調した。しかし、さすがに成人の自閉症の人たちとのつきあいが長い、百戦錬磨の杉本さんはそんなのへのかっぱという余裕の表情。安心した。ちづるの好きなおしゃれできれいなお姉さんをリクエストして、手始めに、夏休みに新横浜にある障害者優先のスポーツ文化センター（ラポールといって横浜市在住の障害者およびその家族にとって、今やなくてはならない施設である）のプールにふたりではいってもらった。

ちづるもそれが楽しめたようだったので、いよいよ、学校へのお迎えに挑戦。カズの修学旅行の説明会が午後二時五〇分からあるので、ぜひ、それに出席したいのである。カズは六年生なのでで、これから中学の説明会だの、卒業式、入学式とちづるを迎えに行っていたら出席できないイベントをたくさん控えている。ちづるとお姉さんの楽しい関係を築いておけば、そういう時、安心して預けることができるので、今回はそのための第一歩を踏み出すというわけである。

ちづるが通園施設や保育園の時は、カズもまだ小さくて、私がどうしても行かなくてはならない用も多く、そういう時は夫に何とか休みをとって、ちづるを迎えにいってもらっていたが、悲惨だった。ママではなく、パパがひとりで来たとわかったとたんに、ものすごい大泣き。誘拐犯人に間違えられそうだとこぼしていた。先生にいつも気の毒がられていたっけ。養護学校にはいったころからは、夫もあまり思うようには休みがとれなくなったので、おとうさんのお迎えというのはなくなってしまった。でも、私がスクールバスの到着時間を間違えるというポカを年に一回はやってしまって、泣かせている。それを今回、ほとんど初対面のお姉さんにお願いするのだから、大変な冒険！

ぶっつけ本番では、あまりにもリスクが大きいので、一週間前にまず、私と一緒にリハーサルをすることにした。夏休みにラポールのプールにいれてくれたお姉さんがいいなと思ったのだが、あいにく彼女はその日は授業があるということなので、杉本さんが別の、「ちーと合いそうな」りかこさんという学生さんをつけてくれた。養護学校で待ち合わせ、担任の先生にも紹介する。りかこさんもとてもかわいくて聡明な感じの人だった。ちーとも仲よくなれそうである。

りかこさんと一緒に学校の前からバスに乗り、鶴見駅西口で乗り換えて、家の最寄りのバス停まで帰ってきた。乗りかえる時に、混んでいると乗るのをいやがる場合があるので、無理をしないで次のバスを待ってほしいという注意点を伝える。りかこさんはバス停の名前や系統の番号や時刻表など必要なことはすばやくメモをとってくれて、安心して任せられそう。バスの中では、私は少し離れて座り、ちーとりかこさんで座ってもらった。夏のキャンプでも電車の中では私とは離れて行動していたので、こういう状況も、抵抗ないようだ。当日もこのバス停に私が三時半に待っていることにして、先週の火曜日は別れたのだった。

二一日のカレンダーに、りかこさん・学校と書きこみ、「ちーちゃん、二一日はりかこさんがお迎えに来るよ。おかあさんはバス停で待っているからね」と、話すと、「はい」と何だかうれしそう。（ほんとにわかってんのかあ）と少し不安。何といっても本当に生まれて初めて、家族以外の人に迎えに来てもらうのだから、大丈夫だとは思うけど、ひょっとすると、その場になってみるとちづるにはとうてい受け入れられない状況なのかもしれないのだった。でも、一週間、何度となく確認したけれど、そのたびににこにこして楽しみにしているようなので、心配いらないかなと思えてきた。

ところが、今朝、「ちーちゃん、今日はりかこさんが迎えに来るからね」と最終確認をいれると、寝起きの不機嫌さもあったのだろうが、みるみる顔が険しくなって、「りかこさん、来ない」

と言う（りかこさん、来ないでという意味）。

やっぱり、土壇場になっていやになっちゃったのかと内心うろたえるが、ここでヘンに説得すると、ますます依怙地になりそうな雰囲気だったので、「あ、そう、来ないの」と、何となくとりあわないでおいた。担任の先生と毎日やりとりしている連絡帳に、急いで様子を書きつける。もし、大荒れになってしまっても、きっと、先生がりかこさんをフォローしてくれるから大丈夫だとは思うけど、彼女がモンスターちーの餌食になるところを想像するとやはり、胸が痛む。でも、ここまできたらやってみるしかない。

雨具を持たせていないのに午後になって雨まで降ってきてしまった。ますます、心配になって、カズの学校に行く前、ちょうど、りかこさんが養護学校に到着したころを見計らって、携帯に電話をかけると、「あ、今、雨が降っているのでバスが来るまで、学校で先生と一緒に待っています。今日はずっとわたしを待っていてくれたそうなんです」。ほっとした。

そして、笑顔で帰ってきてくれた。快挙！　りかこさんに家に寄ってもらって、お茶を飲みながら様子を聞いた。彼女の話によると、ちーはずいぶんとりかこさんに気をつかっているようだったという。バスに乗ると、いつも、自分のフィーリングにあう席に座ろうと、ものすごくあせって、中に突き進むのだが、なれていないりかこさんが「ちーちゃん、待ってよ～」と後ろから声をかけると、はっとしたように戻ってきて、おとなしく手をつないだのだそうだ。私と一緒の時にだってそのようにしてもらいたいものである。

バスに乗っている間も、ときどきりかこさんの顔を見てにこっと笑っていたりもしていたが、「やっぱり、おうちに帰ってきたら、顔がかわりました」と言う。ちづるにとっては、ちょっとした冒険旅行だったんだろうなと思う。緊張したことは確かで、でも、それに負けて乱れてしまうことなく、わくわくと楽しむことすらできたのだ。私が思っているよりもずっと、ちづるの内面の力は伸びているのかもしれない。

何しろ、よかった。親子で自信がついた。また、来月、カズの個人面談があるので、お願いすることにしようっと。

◆一〇月二七日（水）雨　ストレートヘアのりかこさん
今日はカズの個人面談。あいにく、養護学校が先生たちの研修とかで、いつもより、ちづるの下校時間が早い。とうてい、間に合わないので、また、りかこさんに頼むことにした。一回目が大成功だったので、不安はない。昨日、電話をかけて、下校の時間と学校の前のバスの時間、私との待ち合わせを確認しただけだ。

「ちーも楽しみにしてるんですよ～」と言ったら、「あのう、私……」とりかこさんがちょっと深刻そうな声を出した。「髪をストレートにしたんですよ。それで、ちーちゃんの反応が心配で……」。

この前会ったときは、りかこさんはソバージュだった。色が白くて、目元がはっきりした彼女にとても似合っていて、そう言えば、迎えに来てもらった日、ちづるは学校でずっと、りかこさんの絵を描いていたそうなのだが、ソバージュの後ろ姿の絵もあったと言っていた。ソバージュの印象がとても強かったとしたら、ストレートヘアのりかこさんを受け入れてくれないかもしれないと、心配しているのだった。こだわりの強い自閉症の場合、そういうことはおおいにありうる。もっと幼い時はそういう面もあったなあ。でも、今のちづるなら心配ないと思う。そういう点では、ずいぶんフレキシブルになってきているので「大丈夫だと思うよ」と伝えた。

翌日、穏やかな顔で待ち合わせのバス停に降りてきた。もう、すっかり安心してお願いできる。これからは、私の生活も少しくらいは広げられるだろうか。いざというときに頼むあてがあると思えるだけでも、とっても気が楽だ。

◆一〇月三〇日（土）晴れ　オーバのアトリエ

今日は月一回のオーバのアトリエの日。アートラボオーバというアーティストたちのグループが障害をもつ人たちに「アート」を楽しむ場所と、画材と、雰囲気を提供してくれるとでもいえばよいのだろうか。指導めいたことは一切ないので、ちづるに教えてくれることをちょっと期待して連れて行った初めての時は、私はとまどったが、ちづるにはそれがとても合っていたようだ。

毎回とても楽しみにして、通っている。

場所はみなとみらいの風景が一望できる、桜木町駅前のビルの八階の小さな部屋。何十色という色鉛筆や、マジック、クレパス、絵の具に、サイズも豊富にそろった画用紙から好きなものを選んで、好きなように描き、でき上がりと自分で判断したら、すぐに壁にテープで貼ってもらう。

不思議なエキゾチックな音楽がボリュームをうんとしぼって流されていて、そういうのも心を落ち着かせる小道具のひとつなのだろうか。通ってきている人たちの年齢も障害の種類もさまざまだが、みんなとても静かに自分の創作に没頭している。ここはじっくりやりたい人向きで、もっと大胆にやりたいタイプの人たち向けには別のワークショップが開催されているのだそうだ。

でも、楽しみにきているわりには、ちづるの集中力は短くて、すぐに窓の外のランドマークタワーやクイーンズスクエアに気をとられてしまい、マジックでちょいちょいと人の絵を描いたくらいで、「帰る」と立ちあがってしまうことが多いのだが、今日は珍しく絵の具に興味をもち、しばらくはすごい集中力で遊んでいた。「絵の具をやる」とちづるが言うやいなや、スタッフがさっと、歯磨き粉のチューブのようなたっぷりサイズの絵の具をばらばらどさーっとちづるのそばに置いてくれる。ちづるはそれをパレットでなく、画用紙の上に何色も惜しみなく思いっきり絞り出し、筆洗いの小さなバケツから水をぼちゃーとたらし、そこで色を調合しているような感じ。……もう、ほんとに家ではこんなことやらせられない。バケツの水がにごると、これまた惜しみなくスタッフをあごで使い、替えに行かせる。「私たちはこれが仕事ですから」なんて言って、楽しそうに相手をしてくれるのだ。こういうふうに骨惜しみせず、サポートしてあげれば、手取り足取り指導しなくても（教え込むということがちづるにはとても難しい）ちづるも試行錯誤を重ねて絵の具の使い方がわかるようになるのかもしれないと気づく。

最後にびしょびしょになった画用紙の上に筆拭き用の雑巾を広げて、さっと水分を拭き取ると、「完成！」といった顔つきでスタッフのおねえさんに渡した。これが案外感じのよいものに仕上がっていて、「へえ〜」と感心したのだった。

ところで、このアトリエにはたいてい女性スタッフがふたり、男性スタッフがひとりいてくれるのだけど、その長髪でいかにもアーティストといった風情の優しい目をしたおにいさんに、ちづるはとりわけｓｙｍｐａｔｈｙを感じるようなのだ。いつも、目があうまで、しっかりと顔をのぞきこみ、自分を見てくれると、へーンな顔をしてみせては、喜んでいる。誰かにこんなに積極的に働きかけるのはちづるにはとても珍しいことなので、なかなか見ていて面白いのである。

◆一一月二六日（金）晴れのちくもり　佐々木先生

半年ぶりくらいに、横浜市総合リハビリテーションセンター（通称リハセンター）で佐々木正美先生の診察。とにかくお忙しい方なので、いつも二〇分くらいお話する程度だが、ちづるの診察というよりは私がカウンセリングをしていただいたような気持ちで、診察室を後にすることが多い。ちづるも先生が好きのようである。昨日、佐々木先生にカード作ってあげたら？　とすすめてみると、すぐノッって、パソコンのカード作成のソフトで、自分の描いた絵をレイアウトして、「佐々木先生へ千鶴」と入力して、嬉々として印刷していた。今日は、名前を呼ばれると飛びこむように部屋にはいっていって、そのカードをすぐ先生に手渡していた。先生のお部屋は先生がひとりでいらっしゃるだけなのに、一歩足を踏み入れると、ほわっと明るい雰囲気につつまれる。それだけでずいぶんと救われたような気持ちになるほどだ。

その時々のちづるの問題行動について、グチをこぼすと、力のある声で、それはこういう理由があるんですよと、解析して、ピリッと効果的な対処のしかたを教えてくださる。自閉症そのものを根本から治療するという方法はまだ見つかっていないわけだが、こうやって、成長の節目節目で佐々木先生に相談できるというだけで、どれだけ心強いかわからない。

これからもずっと診ていただけると思っていたのに、ショックなことに来年の三月に、診察の場からは引退されるという。これからは若い人材の育成に力を注がれるのだそうだ。佐々木先生の教えを受けた専門家が増えていくなら、自閉症の人たちの未来のためには素晴らしいことなのだが、個人的には、ちづるはこれから難しい思春期に突入するところなので、もう少し、この山を越えるまで、診てほしかったなあと思ってしまう。

この二カ月ほどの不安定さに、迷っていた薬の投与を佐々木先生の診察を受けられるうちにと、思いきってお願いしてみた。今日から、ためしてみる。近ごろ、とんがりっぱなしのちーちゃん、お薬の効果でまるくなってくれるかしら。

◆一二月一三日（月）晴れ　ごめんと言う時

朝、ちづるはまたどうしても起きられない。揺すぶりながら、学校に行きたいのか、行きたくないのかを何度も聞いてみるけど、反応がいまひとつ。そこで、思いついて、パソコンでカードを作ってみた。ちーの好きなハートの壁紙に、これまたちーの大好きなショッキングピンクの字で「学校に行く」と印刷したカードと、ブルーのグラデーションの壁紙に濃紺で「学校に行かない」と少し小さめに印刷したカード。再び、眠りこけるちづるを起こして、「ほら、ちーちゃん、見て！　どっち？」と見せてみる。ちづるは薄目をあけて、カードを見比べ、「学校行く……」と弱弱しくピンクのハートの学校行くカードをタッチしたのだが、そのまま、沈没。どうしても、からだが覚めないのだなと、私もあきらめてしまって、欠席届けの電話をした。

一一時頃、やっと自力で起き上がり、寝起きの険しい顔で、学校行く～と言うが、もう給食に間に合う時間でもないし、「今日はお休みにしたよ」と告げると、あっさり、「火曜日行く」と納得した。それならば、「歯医者さんに行く」という。昨日、予約がとれたら、月曜日に歯医者さんに行こうかと私がはっきりしないことを口にしてしまったのがいけなかったのだけど、歯医者のあとにコンビニで買う、ペコちゃんのお人形入りのチョコレートをすっかり買ってもらえる気になっている。でも、歯医者に電話したら、今日は急に休診になってしまったのだそうだ。ちづるにそう言ったら、今度は納得しなかった。ペコちゃんのチョコと、いつも学校の帰りに買うチロルチョコと、ふたつ買いに行くといって聞かない。

お店に行って、買ってもらえるお菓子はひとつだけというルールを破ってしまったら、きりがない。「ふたつは買えません。ひとつだけ買います」と言い聞かせているうちにだんだん怒り出した。夜まで、そんな調子で何をやっても、気に入らない。悔し泣きしながら、パソコンのキーボードや、テレビのスイッチに当り散らしたり、おにいちゃんがやってる最中のプレイステーションの電源を切ろうとしたりする。やっちゃダメだよといわれてることを思いつく限り、やってやろうとしているみたいだ。やめさせようと抑えると、大暴れの大泣き。ほとほと疲れ果てた。しかも、その原因がおまけつきのチョコレートというのが、何とも……。来月、お誕生日が来たら、一〇歳になるというのに、いまだにこの世の一大事はチョコレートというレベルなんだと思うとかなり情けなくなった。

夜もずいぶん遅くなってから、やっと落ち着いた。夫がコーヒー豆を買って帰ってきたので、密閉容器に移し変えようとしていたら、手伝おうとして（ちーはグーグーガンモのようにコーヒー好き）こぼしてしまった。すると、「ごめんなさい」と、自分から……。言えたよ！　ごめんなさいが。

自閉症の人には、言われたことやされたことに対して、的確な反応を返すことがとても難しい。幼いころはたいてい、バイバイを裏返しで返し、「お名前は？」と聞かれると「お名前は」と答える。

わざとでなく、ちづるに痛い思いをさせたり、彼女の大事なものを壊したりしてしまった時に、ちづるは必死になって、「ごめんね、おかあさん、ごめんね！」と言っていた。これは、そういう状況の時は、いつも私に「ごめんね」と言われるので、「あんたは今、ごめんと言うべきである」という意味で私を責めているのだ。だから、顔はすごく怒っている。理由がわかるときは私もすぐ謝って、なだめるが、ときどき、何を謝ればいいのかわからない時があって、ちづるが「おかあさん、ごめーん！」と謝り出すと、私のほうがあせって、どんないけないことをしたのか、あれこれと考えをめぐらすことになる。早く対処しないとパニックになってしまうので。

だから、ちづるの「ごめんね」は、ずっと我が家では危険信号だったのだ。最低の一日だったけど、ちづるが、自分が悪いことをしたときに「ごめんね」と謝れる日が来て、終わりよければすべてよし、だ。

■二〇〇〇年　思春期の入り口――ちづる一〇歳（小五）

一〇歳、小五の秋の学習発表会。これも苦手な行事だったが、この時はドレスのような衣装が気に入って、機嫌よくステージに立っていた。

千鶴は、この年中学に入学した兄が、それまでとはいろいろと違う生活を送り始めたことに興味津々。ただ、思春期にさしかかったせいか、このころから、睡眠の乱れや気分の不安定さがひどくなっていった。

私は養護学校のＰＴＡの会計と「親の会」の仕事を掛け持ちし、ますます忙しくなった。正和の生活が部活中心になって、家族の休日の過ごし方も変わった。たとえば夫と千鶴に留守番してもらって、息子のバスケの試合を応援しに行くこともあった。

◆一月二日（日）晴れ　従弟と遊ぶ

冬休みにはいってから、佐々木先生にすすめられたように、薬を飲ませる時間を早めにしてみると、それまで大幅にずれていた睡眠のリズムがほぼ正常に戻り、穏やかな日々を過ごしている。テレビ番組の編成が年末年始でいつもと変わっていることで、こだわりから解放されているようでもある。

元旦は、夫の弟の家に遊びに行き、今日は、私の弟夫婦が我が家に来てくれた。ちづるは終始にこにこして、うれしそうだった。気難しい赤ん坊のころから、叔父たちには抵抗なくなついたから、やはり、「血」というものをちづるなりに感じるのかもしれない。昨日、遊びに行った弟のところにはもうすぐ二歳になるとっても元気な従弟がいて、ちづるは夏休みに一緒に旅行した時にはたいして関心を示さなかったのに、昨日は目が離せないといったふうで、手をつないで歩こうとしたりして、何とか遊ぼうとしていた。でも、扱いが乱暴すぎるので、（夫がローラーゲームのようだと評していた）しばらくすると、彼から「あぶないやつ」という警戒のまなざしを向けられてしまっていた。

甥っ子には災難だったかもしれないけど、ちづるにこういう面が出てきて、おにいちゃん以外の子どもと楽しくかかわっているのを見るのはやはり、うれしいことだった。

◆二月一一日（金）晴れ　つまみ食い

先日、クラスの担任の先生とやりとりする連絡帳に、「給食の配膳の時、つまみ食いするのをとめられて、怒ってしまい、ふてくされてほとんど食べませんでした」とあり（いわゆる逆ギレというやつ）、まったく何て子とため息が出た。でも、これは家庭のしつけがなってないせいなので、私の責任である。ほとんど物を食べなくてやせて行く一方だった時期があって、そのときは、珍しく食べる意欲があれば、つまみ食いしても、貴重な食欲に水をさしたくなくて、つい、やりたいようにさせていた。それでいいんだというふうに癖になったのだと思う。

それにしても、恥ずかしい。通園施設の時からの課題なのに。かなり情けなくて、ことばで言ってても効果はないと知りながら、「ちーちゃん、給食の時はつまみ食いはなし。みんなでいただきますしてから食べるんだよ」としつこく言ってきかせてしまった。すると、やっぱり、「つまみ食い」ということばだけに反応し、「つ・ま・ぐ・い！」（なぜか、つまみぐいとうまく言えない）と、何の脈絡もなく、叫び出した。失敗。

何とかしなくちゃと思う。夕食の準備の時、できたての味噌汁をセルフサービスでよそって、食べようとするちづるをおしとどめて、「マットを敷いて」とか、「お茶碗を出して」とか、「お箸を並べて」と、どんどん指令を出してみると、案外素直にやってくれた。その間にほかのおかずを用意する時間を稼げばいいのだ。おなかが空いている時に、そんなことをやらせたらすぐに癇癪を起こしてしまいそうで、今まで、ためしてみたことがなかったのだ。こんなふうに「ちづるにはできっこない」と決めつけてることがほかにもたくさんあるのかもしれない。少し反省した。

◆二月一四日（月）晴れ　ちーなりの成長

福岡から実家の母がやってきた。カズが入学する中学の入学説明会があるので、私がそれに出席している間、ちづるをみていてもらうためだ。りかこさんに頼んでもよかったのだけど、母にもしばらく会ってないし、近ごろのうちの様子を見ておいてもらうのもいいかなと思ったのである。

りかこさんにちづるのお迎えを頼んだときは、学校まで行ってもらったのだが、このあたりに不案内な母にそれはちょっと難しいと思えたので、スクールバスのポイントまで迎えに行ってもらうことにした。バスポイントで私以外の人間が受け取るのは、通園施設のときに夫にやってもらって、大パニックを道のまんなかで起こし、「もう、二度とごめんだ」と言われて以来だ。やはり、不安なので、カズにも学校から帰ったら、「現場」に直行してもらうことにしていた。

でも、ちづるに、「明日はバスポイントにおばあちゃんが待ってるよ。おかあさんは来ないからね」というと、それは面白いといった顔で、「はあ～い」といいお返事。

赤崎の母に対してもそうなのだが、ちづるは、おばあちゃんが大好きで、来てもらうと、上機嫌になるのはいいのだけど、調子にのっていたずらばかりする。「おばあちゃん」と顔をのぞきこみながら、「ピョンピョンする！」と言って、わざと、ドンドン飛び跳ねる。「投げる！」と言って、おもちゃを投げようとする。おばあちゃんにたしなめられると、面白くて面白くてたまらないというようにのけぞって大笑い。うちの母は私より大柄で、どっちかというと、おっかない感じだと思うんだけど、まったくへっちゃらである。怖いもの知らずというか、空気がよめないというか……。でも、おばあちゃんが迎えに来てくれるのはぜんぜんOKという感じなので、カズに、「大丈夫そうだから、行かなくてもいいよ」と言うと、「おばあちゃん、ちーになめられてるから、俺も行くよ」と言ってくれた。

ところが、説明会は思ったより、ずっと早く終わって、私は、スクールバスに十分間に合う時間に帰って来られたのだった。でも、せっかくちづるもその気になっているし、これからも、こういうシチュエーションもあるかもしれないので、予定どおり、母に行ってもらった。

結果は何の問題もなし。いつもどおり、セブンイレブンでチロルチョコを買ってもらって、ずっと、おばあちゃんと手をつないで帰ってきた。自転車でスクールバスと同時に到着したというカズも、大丈夫そうなので、途中で別れて、友達の家に行ったそうだ。よかった、よかった。前もって、ちづるのわかるように説明できることなら、いつもと違うことでも受け入れられるようになっている。少しずつだが、ちーなりに成長しているのだった。

◆四月一六日（日）晴れ　「これ、ちーちゃんの！」

カズが中学にはいって、一〇日あまり。めでたく、バスケ部にも本入部して、元気に通っているのだが、教材の多さにびっくりしている。ひとつの教科につき、二、三冊の副教材があって、それがまたそれぞれけっこう分厚い。なんで、こんなにたくさんいるんだろう？　弁当もかさばるし、やはり、小学生のときのスリーウェイバッグのままでは小さすぎることに気づき、みんなでイトーヨーカ堂に買いに行った。

バッグ売り場に行くと、ちーは、そこで見つけたバッグに一目ぼれしてしまった。ピンクのナイロンの、ショルダーバッグで、バーバパパのキャラクターがついている。いかにも、幼稚園児のピンク！　という感じで、おしゃれでもなんでもない。大きさも中途半端だし、第一、こんな大きな物を理由もなく買い与えることは普段ないので、「買わないよ」と軽くいなそうとしたが、「これ、ちーちゃんの！」と真剣な顔つきで離そうとしない。

私たちが、カズのバッグは本気で買おうとしていることがわかって、それなら自分も……と思ったらしい。カズが小学校とは違うところに通いだして、生活も少し変わっていることをちづるはどう解釈しているのだろうかとふと思った。突然、今まで着ていたのとはぜんぜん違う、黒い上下の服を毎日着て出て行くようになった兄。外で、学生服の小柄な（明らかに一年生と思われる）男の子を見つけると、「おにいちゃん、おにいちゃん」といいながらまとわりついたり、散歩していると、突然、「おにいちゃんの学校見にいこうか」（急に雨が降ってきて、カズの小学校に傘を持って行くようなときに私が誘っていた言葉）と言ったりする。おにいちゃんの生活がどうなっているのか気になっているようなのだ。世慣れた六年生の時には、私はカズにはほとんど手をかけていなかったのに、このところ、私の関心がやたらとカズに向けられているのも、感じているのかもしれない。

結局、Ｑｏｏ（最近すごくこだわっている清涼飲料水）より、そのバッグのほうがほしいとがんばるので、これは本物だと、買ってやってしまった。夫は、ちーの言うなりに買ってやることは「癖になる」というので、渋い顔だったのだけど。でも、本当に、うれしかったようで、うちに帰ってからも、ずっと肩からさげて持ってまわり、寝る時もかたわらに置いていた。カズには、大きめのスポルディングのリュックを買ったのだが、名前を書いていると、寝床の中からそれをじっと見ていて、「ちーちゃんも！　名前書く！　ここ！」と自分のバッグの正面を指差す。そして、おにいちゃんと同じように漢字で名前を書いてあげると、とても満たされたような笑顔で、布団にもぐりこんでいた。

◆四月二七日（木）晴れ　大魔神

　ちづるのパニックが近ごろ少し変わってきた。以前は、近所迷惑を考えて、口をふさぎたくなるほど（実際ときどきふさいでました）の大声で泣き叫んでいたが、ほとんど声はたてず、そのかわり、それはそれはこわい顔（大魔神のよう）で、ひたすら、とめようとする人間に攻撃をくわえる。つねったり、ひっかいたり、けったり。しかも、前よりしつこい。やっかいなのは、パニックの原因がわからない場合が多くなってきたこと。

　今日も、遅刻はしたものの、機嫌よく路線バスに乗りこんだのに、いつのまにか、むうっとした顔になっていて、降りようと促しても、「降りないの！」と大魔神の顔で言う。これでひきずりおろしても、道路に座り込んで立ち往生するだろうということがこの数日のちづるの状態から十分想像できたので、次のバス停までには気持ちを立て直しているだろうと待つことにした。ところが、何だか知らないけど、思ったよりちーの怒りは激しく深く、ちっとも気分が直らない。そのままとんでもない所まで連れて行かれちゃって。

　今日学校に行くつもりなら、ここが限度と思った市営地下鉄の新羽《にっぱ》駅前で意を決して、暴れるのを抱えて降ろす。すったもんだの末、やっとタクシーに押しこみ、ドアの内側をたたいたり蹴ったりしようとするのを押さえ込んでいた。学校に着くまでの二〇分くらいの長かったこと。学校に着いても、しばらくは私にしがみついていたが、トイレにいって、やっと気分転換できた。

笑顔で私にバイバイ。

下校時刻に迎えに行き、よこはま発達クリニック(3)へ。佐々木先生の最後の診察の時には、ずいぶん落ち着いてきたように思って、精神安定剤の量を半分に減らしてもらったのだが、この二週間くらいこんな調子なので、次にかかることに決めていたドクターの予約をとっていたのだ。

私は講演会でお顔を拝見したことがある内山登紀夫先生。ちづるは初対面だったけど、名前を聞かれて、珍しく「アカザキチヅルです」と早口に答えたりしていた。相性よさそうだが、初めての場所ということもあり、ちょっと緊張していた。道のむこう側の薬局に勝手に行ってしまったりして、そわそわしていたが、そこがとっても感じのいい薬局だったので(せせらぎ薬局という可愛い名前)、処方してもらった倍増のお薬も(それでも、体重に対して少なめだそう)抵抗なくのんでいる。

お薬がきいて、ちーがあまり大魔神の顔をしなくてもすむようになりますように。

◆六月二六日(月)晴れ　ちづる、ひとりでタクシーに乗る!?

近ごろ、外出する時、ちづるは自分のしたくができると、私を待たずに、さっさと、表に飛び出して、バス停のあたりまでひとりで行ってしまっていることがあり、気をつけないといけないと思ってはいたのだった。バスに乗ってしまうことはないのだが、通りすがりの人にちょっかいを出して喜ぶという、やっかいなマイブームが始まっているので、何をやらかすかわからないのである。

でも、今朝、またもや、油断しているすきに出て行ってしまった。時間をおかずに、あとを追って出たのだが、姿がみえない。全速力で走っていったのかしらと思って、あわてて私も走り出した。すぐ近くにタクシーが止まっていて、いま降りてきたらしい初老の婦人がふたり、そのそばに立っていて、立ち去るわけでもなく、何かもめてるふう。でも、大して、気にもとめずに、その脇を急いで通りすぎようとすると、タクシーの中から、聞き覚えのある「キャハハハ！」という笑い声が……。

「えっ！？」と窓からのぞきこむと、やっぱり。紺のキティちゃんのリュックをしょったちづるが超ごきげんな様子で座っている。たぶん、おばさんがタクシーから降りてきたところに通りかかって、面白がって、さっと、乗り込んでしまったに違いない。

「ちーちゃん、おりなさーい！」と手をひっぱると、素直に降りてきた。「まあ、どうも、すみません」と、おばさんふたりと、運転手さんに頭をさげると、「ああ、よかった、知らずに乗っかったまま連れてかれちゃったら、大変だったわよ」と言われた。誰も怒ってるわけでも、迷惑そうにしてるわけでもなく、ただ、とても不思議そうな顔をしていた。そうだろうなあ、女の子

（3） 発達障害専門の、児童精神科のクリニック。横浜市都筑区。

がいきなり、ひとりでタクシーに乗ってきて、何を聞いても、げたげた笑いつづけているだけだったんだろうから。しかし、説明すると、長くなるので、「すみません、この子、知恵遅れなもんですから」とだけ言い、もう一度謝り、ちづるにも頭を下げさせて、とっとと、その場を立ち去る。

どっちにしろ、またまた大遅刻だったので、タクシーに乗っていくつもりだったんだけど、あのまま乗っていったら、これから、勝手にタクシーを止めてしまうようになるだろうから、いつもどおり、バス通りまで歩いていく。道々、「タクシーに乗るのは、おかあさんと一緒のときだけだよ」と言ってきかせた。「は〜い」とはいうものの、三日月みたいに目を細めて満面笑顔のままだ。すんごく面白かったらしい。同じ状況になったら、たぶんまたやるな。

◆九月八日（金）くもりのち晴れ　爪切り

二学期が始まって、一週間。ちづるは、何とか、健全な生活リズムを取り戻し、学校にも元気に通っている。近ごろの、ちづるのマイブームは爪を切ること。ちーは、ずっと、爪切りをいやがっていて、なかなか切らせてくれなかった。私よりずっときれい好きの夫が、ときどき、「ちーちゃん、爪見せて」と点検し、「うわっ！　爪伸びてる！　きたなーい！」と大げさにあきれてみせても、へらへらと無視していたのだった。

ちづるの指は、いつまでも小さく細くて、不器用な私は大人用の爪切りで切るのが怖くて、未だに赤ちゃん用の爪切りバサミで切っていたのだが、このごろ、その赤ちゃん用のはさみを使ってなら、自分で爪を切れるようになったのだった。

そうなると、凝り性のちづる、ちょっとでも爪が伸びていると、「うわっ！　爪伸びてる！きたなーい！」と自分でチェックして、気の済むまできれいに切るようになったのはいいのだが、例のごとく、だんだんエスカレートしてきて、ほかの家族の爪までチェックするようになってしまった。たいてい自分より先に寝てしまうおにいちゃんの手足の爪を丹念に調べて（こいつはいまだになかなか切らない）、「うわっ！　爪伸びてる！　きたなーい！」と言いたて、勝手に切ろうとする。「おにいちゃん、寝てるんだから、今は切らないで」ととめていたのだが、私が気づかないうちに、ある夜、カズの爪を切ってしまったのだった。翌朝、カズが「痛い、痛い」と顔をしかめている。「ちーが、オレが寝てるあいだに、白い所がぜんぜんないくらい爪を切っちゃった」と文句タラタラ。そんな大げさなと見てみると、見事に何本かの指が深爪にされていた。「あんた、こんなにされてて、目が覚めないの？」と聞くと、「切られているのはわかったけど、抵抗できるところまでには目が覚めなかった」と言う。その場面を想像すると、おかしいやら、気の毒やら。どっちもどっちかしら。

今日は、担任の先生が「ちーちゃんに、爪伸びてるとチェック入れられました」と言っていた。

◆一〇月四日（水）雨のち晴れ　ちづるの美意識

さしたる事件もおこらず、まずまず、順調に日々は流れている。近ごろのちづるのブームは、モーニング娘。以前から好きだったので、今までの、プロモーションビデオを全部収録したDVDを数カ月前に買ってやったのだが、大喜びで見るだろうというこちらの期待は、見事肩すかしをくらい、（よくあることだけど）ずっと、ほったらかしになっていた。それがこの一週間ほど前から、毎日、一回見るようになって。帰りのスクールバスから降りて、歩いて帰る道々、「モーニング娘。のDVD見る」と言う。

髪型も気にするようになっていて、お風呂から上がったら、自分で櫛をいれている。ちょっと前まで、私が髪をとかそうとしても頑強に抵抗するので、どうにもさわれなくて、終戦直後の子どものような髪でよく学校に行っていたものだ。今朝は、起きたら、髪がはねているのを、鏡で発見すると「あ～、ヘン。髪」と気にして、私に直せという。霧吹きでぬらしてブラッシングして、直してあげたら、満足げだった。でも、そのあと、キティちゃんの髪飾りをちづる独特のやり方で耳の上にとめてしまうので、どうせ、一般人からみると、ヘンなんだけど。

髪がヘン（ちづるの基準のヘン）なままで外に行きたくないというのは、どういう心理なのかなと思う。美意識が許さないという感じなんだろうか。

ちづるのもうひとつの今週のブームはおならをしては、「あっ、おならブーした」と得意そうに報告すること（初めてやったとき、私とカズで大ウケしちゃったからいけなかったのだ……）。そういうのは、ちっとも美意識にさわらないのね。「おならをしたら、ごめんなさいだよ」と教えるしかない。

◆一〇月一一日（水）晴れ　兄と妹

相変わらず、バスケに身も心もささげる日々を送っているカズだけど、さすがに、部活が試験休みにはいる（試験のほんの三日前）と、子ども部屋で机に向かっている（自主的に、ではない）。

不思議なのは、近ごろ、寄るとさわると、カズと喧嘩ばかりしているちーが、おにいちゃんが部屋にはいると、あとからついていくこと。カズの机は三段ベッド(4)とくっつけておいてあって、机の高さは、ちょうどベッドの中段と同じ高さ。そこに上がって、何をするというわけでもなく、ただ、おにいちゃんのそばにいるのである。カズは、勉強を始めると、とても孤独な気分になるらしく、しょっちゅう、私にどうでもいいようなこと（勉強に関係ないこと）を質問にくるのだが、ちづるがそばにいると、何となく、そのさびしさがまぎれるみたいだ。「ちーちゃんがそば

(4) 当時は上段にカズ、中段にちづるが寝て、下段は収納に使っていた。

にいるほうがいいの？」と聞くと、「……うん」「気が散らない？」「静かにしてるから」。

このごろ、カズは行儀の悪いちづるをしつけようとしていて私よりも口やかましく、ちーはそれに激しく反発して、即座に逆ギレ、取っ組み合いの喧嘩が始まるということが多い。でも、ベッドにゴロゴロしているちーが、カズの頭の上に足をのせてきても、そういうときは、穏やかに対応していて、観察していると、面白い。

◆一〇月二九日（日）雨 「しょうはおしまい！」

「ちーちゃん、そんなことしたら、だめでしょう！」

「ちーちゃんが着替えないから、バスに遅れちゃったんでしょう！」

「おにいちゃんをひっかいたら、痛いでしょう！」

口やかましくしかっても逆効果と、いろいろな先生方にアドバイスを受けてきたにもかかわらず、私も、夫も、カズもこんな調子で何度となく、ちーをしかりつけてきた。それで、どういう結果になったかというと……。あいかわらず、言うことをきかないばかりでなく、ちーに「しょうアレルギー」反応がでてしまった。

どんなにいけないことをしてしかられたとしても、「～でしょう！」と言われたら、必ず、「しょうはおしまい！」と言い返すようになって、肝心の～の部分については、完全に黙殺。というよりも、今までも、話の前半の部分は聞き取ることはできていなくて、ただ、私の言葉が「しょう！」で終わるときの、怒気をおびたいやな印象だけがちづるの中に蓄積されていったのだと思う。

言われた時に言い返すだけでなくて、ひとりで静かに絵を描いているときにも、いろんなことを思い出すようで、「しょうはおしまい！」とひとりごとを言い出し、そのままだんだん自然発火のようにパニックを起こしそうになることもあって、よっぽどいやだったのだなあと反省。かといって、どういうふうにしかったらいいのかはわからない。

とにかく、今は、「しょう」という言葉に激しく反発してくるので、何を言うにしても「しょう」という語尾では終わらないようにしているのだが、これが、ちーがうんざりするのもうなずけるほど、本当にひんぱんに口走りそうになる。

先日も、ちーが、パソコンの操作がうまくできなくて、キーボードをバンバンたたき始めたので、あわててその場から引き離しながら、つい、また、「パソコンが壊れるでしょう！」と怒鳴ってしまった。すると、ほうらきた！　といわんばかりに、反抗心をひとみにらんらんとたぎらせながら、叫ぶ。

ちづる「しょうはおしまい！」

私「パソコン、こわれちゃうんだよ！」

ちづる「だよはおしまい！」
私「パソコン、こわれる！」
ちづる「れるはおしまい！」
私「パソコンこわ！」
ちづる「こわはおしまい！」
私「……」
こうなってしまったら、何を言ってもムダ。というより、言わないほうがいいということなんだけど、なかなか黙っていられるもんではないのだ。その行為をしかってとめるのでなく、別の行為を提案なさいと先生方はおっしゃるけれど、一度機嫌をそこねてしまったら、関係ないことを言い出すと、ちづるの場合はかえって、火に油をそそぐ結果になってしまう。難しいなあ。

■二〇〇一年　一二年ぶりの引越し——ちづる一一歳（小六）

11歳の誕生日。子どもたちがふたりとも大きくなってきて、千鶴の誕生日にはお兄ちゃんと一緒に写真を撮るという習慣は、この年が最後になった。

千鶴が生まれたとき、私たち夫婦の共通の友人がお祝いにチューリップを贈ってくれた。雪の中を運ばれてきた、夢見るようなピンクのチューリップ。それがあまりにも幸せな記憶だったので、思い出すとかえってつらかった時期もあったが、この写真の三年ほど前から、千鶴の誕生日には年の数だけピンクのチューリップを飾るようになった。

この年の六月、千鶴が生まれて以来ずっと住んでいたマンションから、車で一〇分ほどの距離の、少し広めのマンションに引越した。

◆五月二五日（金）　運動会のごほうびは

明日は運動会。ちーは今週はあまり遅刻もせずに通えたので、運動会もスムーズにいきそうだと思っていたのだが、帰ってきてからずーっと「運動会行かない」とマジな顔で言っていた。運動会の後で買い物に行く約束をしていたのをちらつかせても、ダメ。

うーん、行けたとしても、大幅遅刻になるかなと覚悟をきめたら、二六日の夕ご飯はマクドナルドのハッピーセットと向こうからリクエストしてきた。そういえば今、プーさんグッズがおまけなのだ。なので、運動会に行ったらねと条件をつけると、とたんに、行く気になった。ま、いいか。

◆五月二七日（日）　プーさんグッズ品切れ

昨日の運動会、かけっこは珍しくやったけど、大玉転がしはすねてやらなかったり、お弁当の時間よりも早く、私のところに来たがったり、先生にもずっと反抗していたけど、何とか、最後は上機嫌で終わることができた。

くたくただったが、約束どおり、買い物に行って、キティちゃんのハンカチを買い、ティガーのおまけを目当てにハッピーセットを買いに行ったら、まだ、期間中なのにおまけが品切れになっていた！「ただいま、おもちゃはダイナソーになります」と恐竜なんか出されてしまった。

じゃあいらないということで、おとなしく店の外には出たものの、それから、機嫌が直るまでの長いこと長いこと。「おうちかえらない」とあてもなくうろつきまわり、気持ちを切り替えられるまでつきあわなくてはならなかった。本当に疲れたけど、大声で泣きわめくことはなかったのだから、ずいぶん、自分を抑えられるようになってきたといえるのではないだろうか。

マックもこのプーさんブームなんだから、やるんだったら、もっといっぱい作ってよね〜！

◆七月四日（水）　引越しました！

引越して、今日で丸一週間が過ぎた。冬物や着物以外のものはだいたい収納することができたが、以前のようにぶすぶすと無神経に押しピンを押すことを固くダンナから禁じられているので、カレンダーがまだ貼れない。けっこう、不便である。私がフックを不細工にとりつけても怒られそうなので、週末を待っている。

ちーは、引越しの意味がわかってなかったらしいことが判明。もとの家にはずっと帰らないらしいことが初めてわかってきたらしく、非常に落ち着かない。学校をおとといは休み、昨日は給食の時間から、今日も朝の寝起きの悪さから立ち直れないままにさぼってしまった。まだちょっと時間がかかりそう。

◆七月五日（木）　静かにパニック

暑い！　バテそうである。今朝も、ちづるは目覚めたままベッドの上で固まっていて、しばらくして様子を見に行くと、「今日の洋服」と渡してあったお気に入りのユニクロのTシャツとズボンを淡々とはさみで切っていた。引越しの影響……なのかなあ。

◆七月六日（金）　やれやれ……

昨日の帰りくらいから、ようやく、気持ちの切り替えができたみたいである。今朝は無事にスクールバスの新しいポイントから乗ることができ、帰りのバスを降りてきてからもスムーズに帰り着くことができた。久しぶりにゆっくりと時間がとれたので、私も商店街などをゆっくり探索。おいしそうな和菓子屋さんをチェック

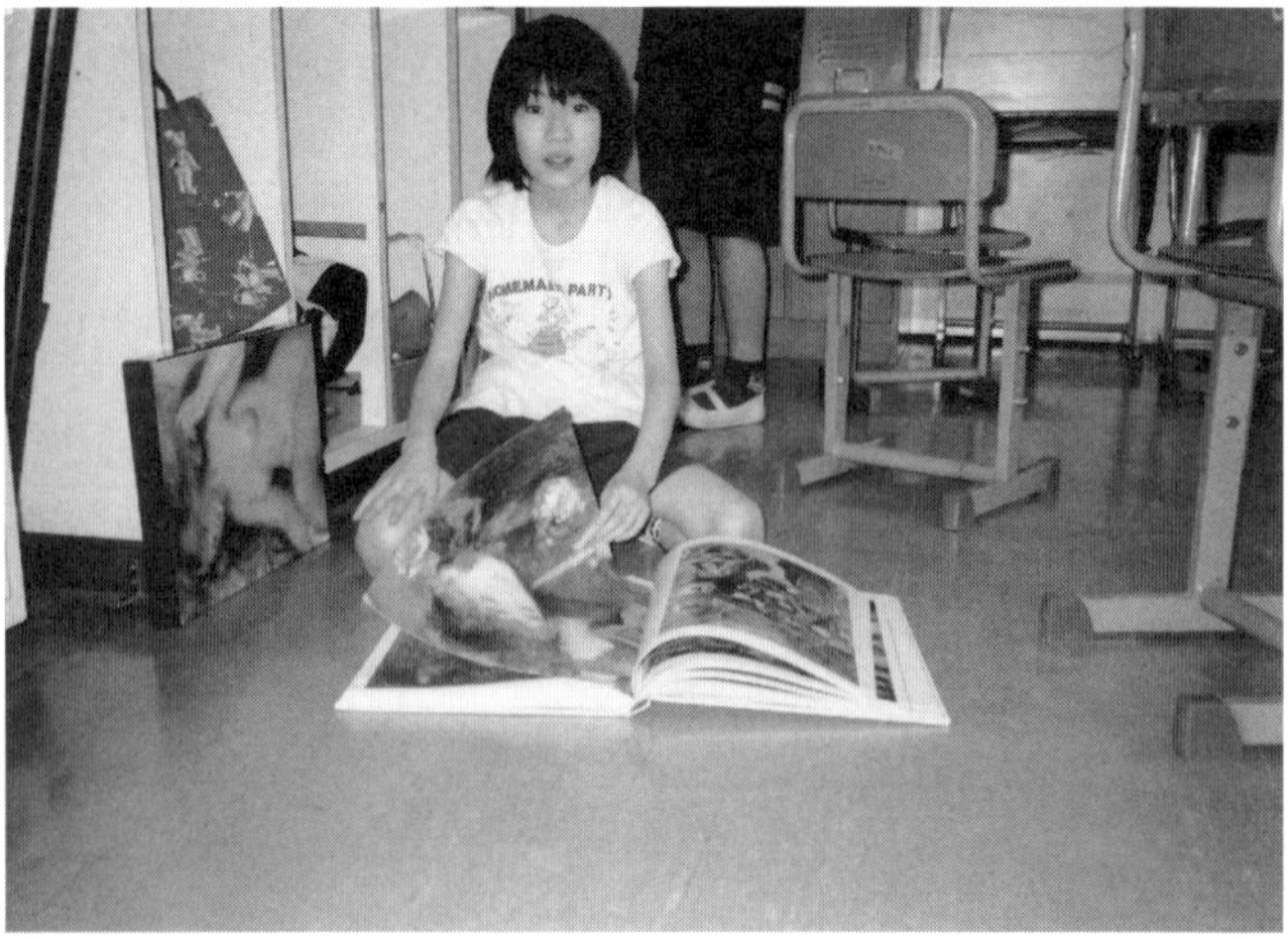

小６、養護学校の教室にて。図書室からよくルノワールの画集を持ち出してきて、昼休みなどにながめていたという。

してきた。

◆七月三〇日（月）　ユニクロで

おとうさんのショートパンツを買いにユニクロに行き、あれこれ選んでいたら、ちづるが息せき切って、駆けて来て、「これ、買う！」と差し出すのは、このまえ、ちづるがはさみで切り開いてしまったピンクのTシャツと白いショートパンツ。あのあと、何度もせがまれたけど、「また破るんでしょう」と却下してきたのだ。今までは、色やサイズもなくて、ちづるもそれであきらめてきたのだけど、今日はばっちり見つけてきたのだった。

Tシャツは三九〇円、パンツは七九〇円になってたし（値段の問題じゃないんだけど）、「もう、切らない」という必死な顔つきについ許してしまった。

◆九月一三日（木）　階段禁止

六月に引越してきた新居は、マンションの階段に一番近い部屋で、エレベーターを使うより、マンションの玄関にはウンと近いのだが、ちづるは必ず、エレベーターを使う。私にもそれを強要する。

今朝も、朝からひとパニック起こしたのがやっとおさまって、大幅遅刻で、家を出たのだが、私が気がせいて、階段を使って降りてきたのが（エントランスはうちの一階下にあたる）、ひとあし早く家を出て、待ち構えていたちづるに見つかって、また大騒ぎ。怒声をあげながら、階段に通じるドアを蹴ったり、ひっかいたりするので、身の縮む思いであった。

軽率だった自分にも腹がたち、野獣のようなふるまいのちづるにもやっぱり腹がたつ。最悪。

◆一〇月二三日（火）　うきうきプーさん、行方不明

近ごろ、チョコ菓子のおまけのちっちゃなプーさんのマスコットとそれをいれる三センチ四方くらいのちっちゃな巾着袋を集めているちづるさん。全部コレクションしたいのではなく、好きな色のものだけ集めて気がすんだようで、通学用のリュックにほかのマスコットと一緒にぶら下げている。

今日、そのうち、赤いチェックの袋にはいっていた「うきうきプーさん」がないという（ちなみに紫の袋にはいっているのはリラックスプーさん、ピンクの袋のはくつろぎプーさんだそう）。学校でも先生が一緒に探してくれたけど見つからず、じゃあお家にあるのかなと帰ってきたのだが、私だって知らないのである。二センチくらいのプーさん。パニくるたびに、リュックを放り投げているうちに袋から飛び出て、なくなっちゃったんだろー。家にないらしいとわかると、大口あけて、一〇分ほど怒り泣きしたが、明日もう一回、学校を探してみたらというと、何とかお

さまった。でも、明日も探すんだろうなあ。

◆一〇月二四日（水）　全裸パフォーマンス

今朝は二週間ぶりくらいのすさまじいパニック。原因はといえば、昨日、なくしたと騒いでいたうきうきプーさんにつける五センチくらいの細い赤いひもが見当たらなくなっていたのを、思わぬ場所から私が探し出したのが気に入らなかったのだ。私が隠していたと思ったみたいで（でも、自分で学校用のリュックのポケットにいれたのに、それを忘れているのだ。そういうことはなぜか、覚えていられない）、一瞬で沸点に達し、リュックの持ち手を切ってしまった。出かける直前だったのに……。

それで私も怒っちゃって、ますますちづるは興奮して、服を全部脱いでしまった。これはパニック時の究極の（というか最悪の）パフォーマンス。これを外でやるのが癖になったら……と思うと、私は動揺かつ、逆上してしまうのである。鎮静剤をのませ、結局、学校は欠席してしまった。パニックがひどいと、なかなか平常心を保てないのが情けない……。

◆一〇月二五日（木）　代わりの元気プーさん

うきうきプーさんをもう一度、学校でも探してもらったが、見つからなかった。もうひとパニックあるのを覚悟したが、あっさりあきらめて、学校帰りのコンビニで新しいプーさんを選ぶ。うきうきプーさんがなかったので、黄色い袋の元気プーさん。今までは、代わりに新しいものを買ってくることは受けつけず、絶対になくした「そのもの」でなくてはならなかったのだが、今回は思ったより、柔軟だった。

でも、今日も、別のことで学校でひと暴れしたのだ……。六年生の保護者を対象に、来年進学する中学部についての説明会があって、私も出席していたのだが、その部屋にいきなり乱入。出て行かないとごねつづけ、私も先生も、また全裸パニックになるのを恐れて、無理やり連れ出すことができなかったのだ。いうことをきかせなくてはならないのと、どうしようもない状態にはしたくないのとの、せめぎあいで、ストレスがたまりにたまる。そのうち、私が学校で暴れてしまいそう。

◆一〇月二八日（日）　おとうさんが一緒の日

ちづるはあいかわらず、些細なことでイライラっと小パニックを連発。一日一緒にいた夫もあきれていた。おとうさんににらまれると、ちーもいつものように、狼藉の限りを尽くすわけにはいかないようで、かなり自分を抑えていた。私も、夫がいると、ちづるがパニックを起こしても、まったく冷静でいられる。ふたりっきりというのが、お互いに煮詰まってしまっていけないんだろうな。

◆一一月二八日（水）　一筋の光

　元気に起きてきて、バタバタと走りまわって自分で朝の支度をしていた。咳はしているけど、マスクをさせて、無事送り出す。今日は、親の会の区の集まりがあって、この区では新参者の私、挨拶しなくては！　と出かける。パニックのときに服を脱いでしまうことを大先輩のおかあさまがたに相談したら、具体的な解決方法ではないけれど、子どもへの寄り添い方について、とても胸にしみるアドバイスをいただき、一筋の光が見えたように思った。

■二〇〇二年　憧れの中学部に進学！　しかし……――ちづる一二歳（中一）

12歳、中学部に進学する春休み。我が家のリビングで私が撮ったこの写真が、おとうさんと千鶴の最後のツーショット。

養護学校小学部のころから、同じ敷地の中にある中学部によく遊びに行き、自分が入学するのも楽しみにしていた千鶴。ところが、いざ入学してみると、体格がよくて動きもダイナミックな新しい同級生たちの雰囲気に呑まれてしまい、なかなか適応できなかった。朝起きられないことが増えて、遅刻するとまたそれが原因でパニックを起こし、という悪循環に陥ってしまった。

中三の正和は夏以降、高校受験の準備に突入。私は失敗させたくないあまり、少々過干渉気味に接していたように思う。

◆三月二二日（金）　おにいちゃんに傘を持っていく

オーバのアトリエへ。今日は、健常児のお友達のYちゃんが来ていて、彼女が楽しくおしゃべりしながら、紙粘土を自由自在にあやつって、製作するのを見ていて、自然に紙粘土に手が伸びる。久しぶりにじっくり集中して、やっていた。夕方、急に雨脚が強くなり、おにいちゃんが携帯で傘持ってきてと言ってきたので、ちーと一緒に、バス停まで急ぐ。もっと小さいころは、急に外出！　とうながされても、ちーは混乱してなかなか家を出られず、おにいちゃんに傘を持って行くのも、一苦労だったことを思い出した。おとなになるにつれ、いろんな問題もでてくるけど、生活力は年齢とともに確実についていくものだ。

◆五月一六日（木）　遠足中止

遠足の予備日で、昨日から、ちーは、「（明日こそ）晴れ！」と何度も言っていたが、なんと、やっぱり雨で、六時半に中止の連絡がまわってくる。どっちにしろ、また、起きられなくて、大遅刻だったのだが、私たちが家を出るころには、もう雨はあがっていたので、遠足が中止とは言わずに、学校まで連れて行き、「中止ってことは言ってませんから！」と先生に下駄をあずけて帰ってきてしまった。どうなっただろうと、戦々恐々で、帰りを待っていたが、意外にも機嫌よくバスを降りてきた。学校でも、あっけないほど、すんなり中止を受け入れたそうで、帰ってきてからも、遠足については、何も言わない。よめないやつだなあ……。

◆五月二一日（火）　ちづるに内緒で

学校でツベルクリンの注射があった。注射は大っキライなので、ちづるには内緒にして連れて行き、また、先生に「言ってませんから」と押しつけてきてしまった（！）。無理やりしちゃってもいいですかと聞かれ、お願いしますと、頼んで……。先生も注射とは言わずに、保健室に連れて行って、何がなんだかわからないうちに、ちゃっとみんなで押さえて、やっちゃったみたい。泣いていたが、おんぶしてもらって教室に戻るころには、平静に戻っていたということで、心配したほどの騒ぎにはならなくて、ほっ。

◆五月二四日（金）　サムライブルー

明日は運動会。今年の中学部はワールドカップにちなんだ競技とかで、日本代表の青いユニフォームをイメージして、青っぽい服装でといわれている。でも、その時点ですでに、ちづると一緒にユニクロに行って、運動会で着る服を選んでしまっていた（苦手な行事なので気分を盛り上げるために）。それが運の悪いことに黄色の上下！

先生はぜんぜんかまいませんといってくれたのだけど、お友達は、みんなかっこいい、それっぽい服装で決めるみたいなので、たぶん、着ないだろうけど、試してみようと、青いTシャツにふつうの中学生がはいてるみたいなクォーターパンツを買ってきて、さりげなく、居間においておいた。学校から帰ってきたちーは一目見るなり、「おにいちゃんの！」と却下していたが、「あ、そう」とほうっておくと、数時間たつと、タグを切り取り、サイズが自分のであることを確かめると、何と、自分の名前を書き始めたのだ。明日はこれを着るつもりらしい。押しつけなかった作戦勝ち！

◆五月二五日（土） 運動会

朝はいつもどおり、機嫌が悪い。しかし、夫と一緒に辛抱強く、なだめたり、せかしたりして、何とか、遅刻ぎりぎりで到着。そこまではよかったけれど、雰囲気にすっかりのまれてしまったのか、競技には出ない！ と言い張り、ずっと周りをウロウロしていただけだった。途中から、私から離れられなくなってしまう。ちづるは、どうも、中学部全体の集団の中にいることができないようだ。怖いみたい。競技に出るために、中学部集団が移動を始めると、あわてて逃げ出し、ようやっと、私は解放された。

午前中はそばにいないほうがよさそうだったので、ずっと、姿を隠しつつ、見学。ふたつ目の競技には、三年生まで全部終わったあとに、こそっと出場していた！ なのに、カメラ担当の夫は、もう出ないものとすっかり油断していて、写真を撮っていなかったのだった。お弁当を食べると、ずいぶん気持ちは明るくなったようで、集団には近寄れないものの、リラックスして楽しんでいた。競技に出ることを楽しめたら、それにこしたことはないのだけど、運動会は、ちゃんとやれなくても、別にかまわないとおもっているので、まあこんなものだろうと……。みんなとお揃いの青い服が着られただけでも快挙。

◆六月二二日（土）　プールの用意

ちーの学校は、プールがなくて、小学部の間は、屋上にある、子どもだましみたいなテラスプールで水泳指導（?）。中学部からは、外部のプールに、週に一回くらい連れて行ってもらう。ちーは、泳ぐ気はまったくないながら、ぷかぷか浮んだりするのは好きで、プールは楽しみにしているほうだったのに、今週から始まった水泳の授業をかたくなにいやがり、結局、その日はさぼってしまった。

そのくせ、今日は、水着やバスタオルをいれる新しいビーチバッグ（ミニモニの）を買いに行く！　と張り切っているので、リクエストどおり、イトーヨーカ堂に連れて行って、お目当てのバッグを無事入手。うれしそうにプールの用意をしているので、火曜日のプールははいろうね！と言うと、「イヤだ」ととたんに顔を曇らせる。「九月」（九月にはいるという意味）とか言っちゃって。でも、信用できない。嘘をつくという意識はないんだろうけど、その場をしのぐために、いろんなことを言う知恵はあるのだ。無理やり、やらせるつもりはないのだが、旅行にも頑固に「行かない！」と言うし、以前は楽しめたことが、楽しめなくなっているのが、何とも、さびしい……。

◆六月二四日（月）　薬

よこはま発達クリニックで内山先生に今の状態について、相談すると、気持ちが明るくなるような作用のある薬をだしてくれた。今までの精神安定剤のほかに、寝る前にのむようにということだったけど、診察室では、そういわれて、「はーい」と納得していたのに、夜になって、すすめるタイミングが悪かったせいか、のまない！　とむくれる。薬をみんな捨ててしまおうとするので、それをとめてて、さらにパニックになり、ものすごい騒ぎに。何やってるんだろう……。

◆七月六日（土）　時計を読む

私が地域の集まりに出席するのに、三時半までおとうさんと留守番してねと、今日になって、頼んだのだけど、すんなり、受け入れてくれた。すごい！　三時半を少し、過ぎてしまったら、携帯に夫から、電話がかかってきて、ちーがかけろというのでかけたという。時計を読むことを学校で習っていて、実際に役立てることができないでいたのだが、やっと「使える」ようになったのかな？

◆九月一七日（火）　久々の勝利

今日は、スクールバスに間に合うように家を出たのに、乗らない！　と断固拒否。学校まで連れて行った。このごろ、見るだけねと、通り道にあるコンビニに片っ端からはいる癖がついてしまって、今日も、行きがけに学校のすぐ近くのセブンイレブンをのぞきたかったのが原因ではないかと。

帰り道、うちの近くのセブンイレブンでおやつを買ったあと、ミニストップにたちより、いすに座っておやつを食べるというので、そろそろ、エスカレートしてきたなと、許さなかったら、やっぱり、大騒ぎ。雨の中、ミニストップの駐車場で、ながーいこと、すったもんだしたけれど、結局、本格的なパニックにはならずに、いうことをきかせることができた。近ごろ、私が譲ってばかりだったので、久々の勝利。そろそろ巻き返さねば。

◆九月一九日（木）　交番につきだしてやろうかと……

しながわ水族館に遠足だったのだが、思ったとおり、起きられない。今まで、遠足とか、修学旅行とか、楽しみにしているイベントの時は、ガッツで、起きてきてたのに、とうとう、こういう時も、眠気と気分に勝てなくなってしまった。いつもと変わらない寝起きの悪さに、行くのをあきらめそうになったが、ぎりぎりのところで、気分が回復したので、急いで、連れて出る。

ところが、駅に向かうバスの中で、また不安定になり、鶴見駅では、完全にパニック状態。電車に乗るのは無理と判断、タクシーに押し込んで、帰ろうとしたら、それにも激しく抵抗して、タクシーのドアを蹴り……。あんまりひどいので、近くにあった交番につきだしてやろうかと思ったくらいだが、何とか、電車に乗りこみ、水族館に一二時近くに到着。やっとのことで、先生に引き渡した。

最低の気分だったので、帰りにデパートで買い物して、うさ晴らし。それでけっこう、すっきりした。でも、本当にふりまわされるのは、もうかんべん！　という感じ。いつも、ひどい目にあっても、すぐ忘れてしまうのだが、今日の経験は、忘れられそうにない。ちーとふたりで外出するのが、怖くなりそうである……。

◆九月二九日（日）　ちーの衣替えの日

ちーは着るものは、全部自分でコーディネートする。季節によって、着分けることもわかっていて、春？　とか夏？　とか、九月秋？　と、よく聞いてくる。だけど、もう、春だよと言ったあとで、冬みたいに寒い日があったり、ということがありがちなのだが、一度、ちづるの中で季節が切り替わったら、もとの季節に戻ることはない。これが困りものなのだが……。ちづる的には、今日が衣替えの日だったようで、たんすの中を大整理していた。こういうところは、おにいちゃんより、だんぜんしっかりしている。

◆一〇月三日（木）　明日への活力

中学部全体での宿泊学習で、足柄へ。先日の遠足の時みたいに、学校を出発するバスに間に合わなかったら、足柄の山奥まで送っていかなくちゃならないので、二、三日前から、今日の朝のことばかり考えていた。が、自分は五時に起きて、ちづるは六時くらいから起こし始めて、何とかいいタイミングで（早すぎても、二度寝してしまうので……）家を出ることができた！

鬼のいぬ間に命の洗濯とばかり、私も、中学部のおかあさんたちと箱根へ……。宮ノ下の富士屋ホテルで優雅にランチをとり、箱根湯本に戻って、ほとんど貸し切り状態で、ゆったりと温泉でくつろぎ、明日への活力をとり戻したのであった。

◆一〇月四日（金）　旅行カバン、ズタズタ

学校まで迎えに行くと、無事に帰ってきたが、ひと荒れ、ふた荒れくらいはあったようで、持

っていた旅行カバンはズタズタに切り裂かれ、ちーの荷物は、でっかいポリ袋に詰めてあった。これが黒いポリ袋だったら、ホームレス状態。この袋をサンタクロースよろしく肩に担いで歩いて帰るのは、ちょっと、あんまりみっともないので、タクシーを拾って帰った。

◆一一月二七日（水）　気持ちも快晴

今日は、ひさーしぶりに、スクールバスに間に合って、定時に登校して行った。お天気も久々に快晴で、私の気持ちそのものである。子どもが遅刻しないで学校に行っただけで、こんなに幸せになれるなんて……。

そろそろ、夜の添い寝をやめなくてはと、思い立ち（引越してすぐは、ひとりで寝れていたのに夜中に起きて呼びにくるようになったので、しんどくて、また、最初からの添い寝に戻ってしまっていた）、朝、スクールバスに乗れなかったら、その夜はひとりで寝なさいというふうに申し渡したのである。約束なので、今日は、一緒に寝てやらなくてはいけなくなってしまった。

■二〇〇三年　母も娘も不安定でストレスフルな日々――ちづる一三歳（中二）

13歳。家族全員で写真を撮るような余裕も機会もほとんどなくなっていたので、義母が撮ってくれたこの1枚はとても大切な最後の家族写真だ。

千鶴の学校生活は、毎朝行きたい気持ちと緊張感がせめぎあって、結局着くのがお昼ごろということが続き、私は「親の会」の仕事をたびたびキャンセルしなくてはならなかった。秋に始まった校舎の一部改築のため、教室の配置などが一時的に変えられたのが千鶴にはとてもつらく、ますます登校が困難になっていった。

正和は高校生になり、生活にまた少し変化が。夏休みには数年ぶりに家族で福岡に帰省したが、正和は合宿中のため、夫と私と千鶴の三人で行った。また、夫の両親が五月に横浜に引越してきた（五月一九日の日記）。

◆一月一八日（土）　一三歳

今日が一三歳の誕生日。昨日、「ケーキはサーティーワンのアイスケーキ」と言い出したので、臨時出勤になってしまった夫に会社に行く前に連れて行ってもらう。プレゼントは先週、一緒にディズニーストアでミニーちゃんのぬいぐるみを選び、今日まで自分でたんすの中にしまっていた。うっかり忘れていた年の数のピンクのチューリップも、夫が仕事帰りに買って来てくれて、無事に一三回目の誕生日を祝うことができた。

本当に、大きな事故も事件もなく、無事に……。チューリップを生けながら、いつになく神妙な気持ちになる。ちづるも年がふえて、何となしにうれしそうだけど、「もう一三歳なんだから、ひとりで寝なくちゃね」というと、「えー！！！」ときっぱり拒否。

◆四月七日（月）　朝から必死で針仕事

新年度のスタート。昨夜、靴下の片方が見つからないといって、寝る間際に大騒ぎ。パニックを起こして、また、洋服を破ってしまった。靴下は見つかったのだが、そのままいつまでも興奮状態がおさまらず、寝ついたのが二時近く。今日は、また、起きられないかなと思ったけど、意外にもすっきり起きてくる。

スクールバスに乗れそうだと、楽観したのもつかのま、昨日、破ってゴミ箱に投げ捨てていたカーディガンを持ってきて、縫えという。ここで言い聞かせるよりはスクールバスをあきらめて、縫っちゃったほうが早いと判断して、朝から必死で針仕事。ぶざまな出来ながら、何とかつなげて、「はい、着なさい」と渡すと、今日、着るつもりではなかったらしい！

新しいクラスの先生にも会いたいし、入学式にも出席したいので今日は私も学校へ。一年生の時、とても慕っていた先生がまた担任をもってくださっていたので一安心。でも、今日は、新しいクラスメイトに慣れないせいか、教室にはほとんどはいれなかった。ちょっと心配。

◆五月一九日（月）　おじいちゃんたち

ちーの笑い声はアニメの悪役キャラの高笑いか、アメリカのコメディーでよく流れている観客の笑い声に似ていることに気づく。本当におかしいときは、普通の笑い方をするので、奇声に近いようなものなのかな？

一週間前に、夫の両親が長年住み慣れた福岡を引き払って、うちのすぐ近くのマンションに引越してきた。マンション選びから、内覧会や照明やエアコンを取りつけたり、というのにも、ちづるをつきあわせてきたので、おじいちゃんたちが引越してくるのはわかっていて、とても待ち望んでいたという感じ。ちーの単調な生活の中で、おじいちゃんのところに遊びに行くという楽しみが増えた。ひとつ心配なのは、あんまり楽しみにしすぎちゃってこだわりにならなきゃいいけどなあということである……。

◆六月一二日（木）　ちゃっかりご帰宅

帰りのスクールバスを降りた後は、コンビニやスーパーで買い物をして帰るのが決まりになっている。行き先は、ちーの気分次第。四日に一回くらい、スーパーに行くのだけど、スーパーでは、ちーは自分のおやつと朝ごはんと翌日学校に持っていくペットボトルのお茶をかごに放り込んだ後は、必ず、一五分以上は行方をくらまし、待っていると、どこからともなく現れる。もっと小さいころは姿が見えなくなると、必死で探しまわっていたけど、近ごろは私があまり動かないほうが早く出会えるということがわかり、のんきに構えているのだが、今日は、いくら待っても、戻ってこない。隣のコンビニも探したがいない。三〇分以上待って、もしかして……と家に戻ってみると、ちゃっかり、オートロックを突破して、ウチの玄関の前にいた。

大丈夫だろうとは思っていても、やっぱり、顔を見るまでは、いろんなことを考えてしまう。「さきに帰ってるから」と、一言言えるようになってくれないかな！

◆七月四日（金）　反省の日

ちーとふたりで、電車で出かけることになっていたのだが、少し気分がくずれかけていたちづるが、ちょっと固い表情で先に家を出て行ってしまった。近ごろは、行き先が決まっているときは、先にひとりで行って、私を待っていることがときどきある。今日も、歩いて一五分ほどの駅に先に着いているだろうと思っていたのだけど、駅に着いても、見当たらない。駅前のスーパーや、改札の前でしばらく待っていたが、いない！　もしや、改札をすり抜けて電車に乗ってしまったかと駅員さんに調べてもらい、交番にも届けて、とりあえず、家に戻る。帰り道で出会えるかと思ったけど、会えず、玄関で待っているかと思ったけど、いない。

それから、延々と三時間、家族総出で探し回り、夕方になって、おにいちゃんが、玄関で泣いているのを発見した。行きたかったところにたどり着かないままに、帰ってくるなんて、ちづるにしてみれば、どんなにつらいことだったかと、今は思えるけど、そのときは、「どうして、どんどん先に行っちゃったの！　おかあさんを待ってないとダメじゃない！」と責めてしまった。すると、息子に「どうして、ちーをひとりで行かせるの！　何でちーを責めるんだよ！」と怒られちゃった。「何でそんなに緊張感がないんだよ！」だって。

むかーっとしたけど、確かにそのとおり。近ごろ、私、すべてにおいて手抜きなんです……。おにいがちっとも私のいうことをきかないのも、こんな私が見透かされてるせいかもしれないなあと、さまざまに反省した日であった。

◆一〇月一二日（日）　美容院初体験

今日、ちづるは美容院初体験！　今まで何度となく誘ってみてはいたのだけど、「いやだ」の一点張りで、しかたなく私がいいかげんにカットしていた。でも、そろそろ本気で美容院に行く練習をせねばと思っていたところ、そごうのディズニーストアのすぐ近くに、ハローキティの美容室ができたのを発見！　キティテイストで統一された店内はすごく可愛くて、お子様の扱いに慣れたスタッフが揃っているので赤ちゃんでもどうぞというお店なのである。ここだったら、行けるかも……とパンフレットを持ち帰り、ちづるに見せてみると、やはり、乗り気に！　で、今日、挑戦である。

受付で、知的障害があって、美容院が初めてであることや、少してこずらせるかもしれないことを話して、やってもらえますか？　と尋ねると快くOKしてくれた。すいていたので、すぐに始めてもらう。タオルを首に巻かれたりガウンを着せられたり、まったく問題なく、神妙な顔つきでおとなしく座っていた。シャンプーは今日のところは挑戦しなかったので、二〇分くらいで、終了。キティちゃんのヘアピンを可愛く止めてもらって（私には絶対やらせない）、満足げな様子。とりあえず成功～。うれしい。初めてだったので、毛先をそろえるだけにしてもらったのだが、やっぱりプロの腕はちがう。今度はシャンプーに挑戦してみようかな。

◆一二月一一日（木）　不登校の予兆

週に一、二回の登校というペースがさだまってきてしまった。寒くなると、ますます、布団から出てこないから、暖かくなるまでこれが続くのかもしれない。朝の七時、八時は、ちづるの体にとっては、「真夜中」という感覚になってしまってるのかな。

学校に着いても、近ごろは、まずは事務室にスタスタはいっていって、私が教室まで行って先生を呼んでくるまで、動こうとしない。教室に行くのに、かなり、えいやっという勇気がいるようで、全体的に生活がぎくしゃくしてる感じ。原因がわかれば、もう少し、でんと構えて様子をみていることができるんだけど、なぜだかわからないので、私も少しずつあせってきた。

◆一二月二三日（火）　さらさらヘア

ハローキティの美容室へ。今日は、二回目なので、シャンプーに挑戦。これは、問題なくクリアしたが、ドライヤーがちょっとつらそうだった。うちでは、私がかけることすら、耐えられないからな〜。かなりがんばってたと思う。でもその甲斐あって、髪が今まで見たこともないほど、つやつやさらさら。やっぱりブローは大事なのだなと実感。私もちゃんとやろー。

予約が夕方からしかとれなかったので、帰ってからバタバタと支度して、一応クリスマスのメニュー。明日がイブだけど、おとうさんが忘年会なので……。子どもたちは、もうプレゼントをもらっちゃってるし。おにいちゃんはお金をもらって、Ｇパン買ってきたし、ちーは、キティのインスタントカメラを何カ月も前に、「クリスマスプレゼント」としてヤフーオークションで競り落としたもの。ずっとたんすの中にしまっていたのだが、今日解禁ということで、おとうさんから改めてプレゼント、さっそく自分の宝物を撮りまくっていた。

■二〇〇四年　ついに不登校——ちづる一四歳（中三）

「もうずっと学校に行かない」と宣言（一月二二日の日記）し、それ以降は校門に近づくことすらできなくなった。やがて外出そのものも難しくなって、ほとんど引きこもり状態に。万事に気難しくなり、写真もなかなか撮れなくなって、この年の日付の写真は見つからなかった。

私の挫折感も大きく、その時は自覚していなかったが、後になって正和に「おかあさん、あのころからしばらく笑わなくなった」と言われた。

◆一月七日（水）　ちづる、おにいちゃんをしかる

自閉症の人は人の感情が理解しにくいといわれているが、ちーは、私が本気でおにいちゃんをしかっていると、ただならぬ気配を感じ取ってすばやく私のそばによってくる。それで何となく、その場の雰囲気を収めようとするのがおかしいところ。

以前は、キレたおにいが、洗濯物がはいったかごをひっくり返して、今度は片づけろと怒られていた時、ふてくされたままのおにいちゃんを見かねたように、散乱した洗濯物を、かいがいしく拾い集めて元に戻していたし（自分がやったときは絶対にそんなことはしない）、昨日は、冬休みの宿題を最初からやるつもりがない息子に業を煮やして私がガミガミ怒っていたら、しばらくそれをそばで聞いていて、おにいちゃんに向かって「宿題やりなさい！」肩をぐいぐい押しやって「ほらほら！」と彼の部屋に行かせようとする。（早くやんないと、おかあさんうるさいんだからとにかく部屋にはいんなよ）とでも言いたげな感じ。宿題の意味もわからないちづるの言動がおかしくて、つい笑っちゃったのだけど。ちづるにまでそんなことを言われて情けなくなったのか？　今からやったたって間に合うわけはないのだが、息子はそれから夜中までかかってやれるだけはやってました。

◆一月二二日（木）　学校に行かない宣言

とうとう、学校に「ずっと行かない」と、言い出した。今日は、クリニックに薬をもらいに行く予定で、下校時にヘルパーさんを頼んでいたので、自宅のほうに来てもらい、外出させてもらった。ドクターに相談したら、やはり、無理に連れて行くのではなく、何か、学校に行きたくなるような楽しいことを用意してあげる方向で……というアドバイス。それから、ヘルパーさんと出かける時間を増やして、家族以外の人と交流する機会も確保したほうがいいでしょうということ。確かにずーっとふたりでいると、お互いに煮詰まってしまう。

あまり時間はなかったけど、帰りに雑貨屋で友達にちょっとした贈り物を選んだりして、何日かぶりにひとりで気分転換ができた。ちづるもやはり、リフレッシュした顔で帰ってきた。

◆二月一六日（月）　引きこもりと自閉症

不登校になると、昼夜が逆転し、引きこもりがちになる……というのは知っていたけど、ちーも、確かにあっという間にそうなってしまった。

自閉症は、引きこもりとよく混同されて親たちは大いに困っているので、誤解のないように説明させていただくと、ちーが自閉症だから引きこもっているのではなく、自閉症のちーがたまたま引きこもっているという状態。

今日も、ヘルパーさんと外出する予定だったのを、キャンセルしてしまった。最後に外に出たのは、先週の水曜日。おとうさんが車で買い物に連れて行ってくれたのだが、後部座席でジャケットを頭からかぶったまま、スーパーの駐車場では、降りられなかったそう。これで、家庭内暴力が始まったら、普通の引きこもりの人によくあるパターンになってしまうけど、家では、ときどき、動作が固まってしまうことはあるものの、私とじゃれあったり、いつもどおりパソコンで遊んだりと、まあまあ、落ち着いている。家族が休む時刻には、自分も布団にはいるのだが、明かりを消しても明け方まで起きているし、食欲があまりない（ほとんど運動してないので無理ないんだけど）のが、心配ではあるけど。

◆三月三〇日（火）　ショックな出来事

今日は大失敗。学校に荷物やプリントを取りにいく予定になっていて、ちーは置いていこうと思っていたのだが、どうしても行きたがり、学校の近くの公園で待っているというので、連れて行くことに。おかあさんは学校、ちーちゃんは、先生と＊＊公園で待っていて、そのあと、どこにも寄らずにお家に帰りますと、予定をしつこいくらい確認したあと、私がまだ準備ができていないのに、ちーが家を飛び出してしまった。

でも、近ごろの傾向としては臆病になっていてひとりでどこかに行ったりはできなくなっているので、マンションのそばで待っているだろうと、たかをくくって、あえて無理に家の中に連れ戻さず、支度をすませてから出て行ったら、いない。今日はたまたまおにいがうちにいたので、家の近くを探してもらうことにして、私は、ちづるが選びそうな道をさぐりながら、学校へ。しかし、途中でも会えず、公園にも来ていない。先生から荷物を受け取り、また、二手に分かれて探しながら、家に戻ろうとしたら、おにいから、電話があり、帰ってきたと。ちーが家を出てから、一時間半くらいたっていた。家に帰って、どこに行ってたの？　と詰問すると、行くはずだった＊＊公園とは、ぜんぜん別のところに行ってて。しかも、ちっちゃい子を押しちゃった、ごめんなさいと言うのである。え～！！っと顔色を変えて、いろいろと状況を聞いてみたけど、いまひとつ、要領を得なくて。保育園の先生が引率していた子どもと手をつないだり、押しちゃったりして、怒られたらしいのだが、本当のところはわからず。

おにいからも、何で、外で何やるかわからないのに、ひとりで出しちゃうの！　と責められ、確かに……と落ち込む。やっぱり、まだ、ひとりでは出せないのがわかった（自力通学は無理だ……）のと、今までそんなことはなかったのに、予定外の場所に行ってしまうことがわかったので、さらにショック。位置検索できるＰＨＳは、落としてしまったあと、引きこもりにはいったので、新たに購入していなかったのだが、早急に買う必要があるようだ。

◆四月五日（月）　中三の始業式

今日は、始業式。新しいクラスがわかるので、学校に行く。ちーは、近くの公園で待っているといい、今日は、ちゃんと私を玄関で待っていられたので、一緒に出かける。

今朝は、久々に寝坊し、お昼を過ぎていたんだけど、どちらにしても、生徒たちが学校にいる間は、先生たちとお話できないから、ちょうどよかった。新しい担任の四人の先生たちが、わざわざ公園まで来てくれたのだが、ちーは、手は振るものの、こわばった笑顔で、絶対距離を縮めようとせず、ちゃんとした対面はできなかった。結局、私だけ、先生たちとお話して、プリント類を受け取り、さようなら。

それから、家にむかうが、ちーは、バスに乗って、日吉に行くといい、家とは反対方向にズンズン歩いていく。日吉に行って、何するのかと聞いてもなかなか答えようとしなかったが、駅ビルにはいっているベスト電器で、ＣＤプレーヤーを買ってもらうつもりだったみたい！　言えば、却下されるに決まっているので、とにかく、日吉まで行っちゃって、その場でごねれば、お母さんは買ってくれると思ってたんだな～。見透かされちゃってる！　ダメダメ、行ってしまったらおしまいだ。それに、おとといだったか、オーバから東横線で帰ってきたら、菊名駅の改札が怖くて通れず、ホームで一時間以上立ち往生したのを忘れたのだろうか？　とあきれる。それを思い出させると、ちょっと時間はかかったが、日吉に行くのは、断念した。「ちーちゃん、怖いのが直る薬（よこはま発達クリニックで処方してもらってきてあるのだが、まだ飲むのを拒否している）を飲んだら、学校にも日吉にも行けるようになるよ」と帰り道、説得してみたら、ちょっと心が動いた模様。

◆四月六日（火）　ちづるなりの結論

気持ちを切り替えられるかと思った新学期初日の昨日、先生たちに会ったり、新しいクラス編成を知ったり、学校の近くを歩いたりした結果、結局、ちーは、もう学校には戻れない（戻らない？）と決めてしまったようだ。四月になったら行けるようになると自分でも思っていたんだろうか？　でも、今の自分には無理ということが昨日はっきりわかって、もうきっかけも見失い、「いつから学校に行く？」と私に聞かれるのがイヤになったみたい。もらってきたプリントや連絡帳を、バラバラにしてぶちまけ、学校用の歯ブラシとコップを家用におろし、学生証を私に返してきた。夫は、またすぐ気が変わるんじゃないかと、楽観的だが。私には、ちづるなりに、結論を出してしまったように思える。私たちも、発想の転換を迫られているのかもしれない……。

◆五月一三日（木）　とはいえ、学校は気になる様子

今日は、ヘルパーさんに預けて、不登校になるころからちづるについての相談に乗ってもらっ

ているよこはま自閉症支援室（現在は横浜市発達障害者支援センター）に行くはずだったのだが、このところ、ヘルパーさんをかたくなに拒否する（おばあちゃんとお留守番というのもだめだった）。寝ている間なら、大丈夫なので、それを期待していたのだが、今日に限って、寝なくて、超ご機嫌。やむなく、また、ヘルパーさんには帰っていただいて、支援室もキャンセル。

おかあさんとお散歩に行く！ と張り切っているので、どこに行くの？ と尋ねると、どこに行こうという考えもなかったようで、思いついたように、「学校にプリントもらいに行く」と。でも、また、ちょっと離れた公園で待っているという。近ごろ、行動が突飛になってきて、小さい子をいささか乱暴に触ったりするので、ひとりにしておけなくなっているため、公園で待っているのはダメです、と伝えると、それでは、うちで待っているという。

で、新学年になって、学校の様子も変わっているので、放課後、私がひとりでお邪魔して、校内の様子をビデオで撮影してくる。新しい教室の配置や、ちーの大好きなUさん（実は養護の先生。先生になるずっと前からの友達なんだけど）、小学部のときに慕っていた先生たち、やっと完成した新校舎（この工事が、不登校のきっかけだったんだ）の中なんかを撮影し、修学旅行のしおりなどもらって帰ってきた。

◆五月一四日（金）　修学旅行行きマース！

昨日帰ってきたときは、思ったとおり、ちづるは寝ていて、夜まで目覚めず、夕食のころ、起きてきて、夜中じゅう、起きていた模様。このごろ、そういうパターンになっていて、朝、私たちが起きるころには、ちーはとっても上機嫌で活動を開始していて、すでに、朝ごはんも、冷蔵庫をあさってすませていたり。昨日、私が持ち帰った学校の資料も読んだ形跡があり。で、修学旅行、この数カ月ずっと、何度聞いても、きっぱりと、「行かないよ！」と答えていたので、ほとんど期待せずに、修学旅行どうする？　と聞いてみたら、なんと、「行きマース！」。本当に!?　ちょっと間をおいたり、聞き方を変えたりして、確認してみたが、本気らしい。「じゃあ、荷物詰めないと」と言うと、すぐに、パッキングにとりかかる。修学旅行は一九日から二泊。一七日には、荷物を学校に持って行き、宅急便でホテルに送ることになっている。私もすぐに、しおりの持ち物をチェック。足りないものもあり、この週末は、買い物や準備に追われそう。

◆五月一五日（土）　修学旅行の準備

中学部の修学旅行は、伊勢志摩方面。新幹線で名古屋まで行き、そこからバスや電車を使うことになっている。しおりを一緒にチェックした結果、部屋着とビーチサンダルとペットボトルカバーと靴下を買わなくてはならないことがわかり、それぞれ、ちづるなりにリクエストが。この人は、イベントのたびに、新しいものを欲しがるのだ！
ユニクロとキディランドがはいっている港北SCで、用が足りるかなと思ったが、部屋着として指定したキティのTシャツは、思っていたデザインのもののサイズがないし、アリエルのビーチサンダルも、雑誌で見つけたもので、まだ発売していないらしく、見つからない。近ごろ、ちーは駐車場から出られないので、一緒に車に残っているパパの携帯に電話してやりとりし、買えるもので妥協してくれた。こういうのは、とても珍しいこと！　旅行に向けて、気持ちが前向きになっているみたいに思える。

でも、まだまだ、安心するのは早いから、突然、行かない！　と言い出すことも覚悟して、プレッシャーをかけないようにしなくては。店や建物にはいれないことが多いわけだから、先生たちは本当に大変だ。ちづるもそういうことまでは予想できないままで、行く気になっているのだから……。無事に出発できても、引き取りに行くということもあるかもしれないな〜。でも、ちーが行く気になっている限りは、ギリギリまでがんばらなくては。

◆五月一六日（日）　荷造り

ちーは、自分なりに荷造りをしていたのだけど、それがめちゃくちゃな詰め方で、シャツとズボンを一枚ずつ別の袋にいれたり、エプロンはいらないのに、小学部からの習慣で四枚も詰め込んでたりするもんだから、昨日新しく買い足したものがはいらない。私が、しおりにエプロンと書いてないことを見せたり、ビニール袋に用途を書いて、詰め直したりすると、それが大いに気に入らず、バッグから、すべてのものを放り出し、しばらく、怒りに打ち震えていた。が、しばらくして、見に行くと、私のやり方が合理的だとわかったらしく、もう一度、入れ直していた！　きっちりファスナーも閉まったので、ちーが見ている前ではそれ以上手をふれず、寝ているときに、チェック。バッチリできていた！

◆五月一九日（水）　無事に出発！

いよいよ、出発の朝。自分から起きてくると理想的だったのだが、このところの、ひと晩じゅう起きているというパターンが昨日になってくずれ、一二時くらいに休んだため、私のほうが、先に目覚める。また、昨夜から、気になっている作業が終わらず（自分が印刷したカードをファイルに収納しようとしているのだが、カードのほうが多すぎてはいりきらない）、修学旅行に行く気は変わらないものの、そのことが気になって、なかなか支度がすすまない。気分的にはあまりよくない状態だ。

今朝は、おとうさんが遅めに出社する予定で車で駅まで送ってくれることになっており、家を出てからは安心なんだけど、着替えで固まり、玄関で固まり、冷や冷やする。しかし、何とか目標の時刻には、家をでて、集合遅刻の一〇分くらい前に、新横浜駅に到着。

が！　そこで、ついにメタメタにくずれちゃった！　表情が一気に険しくなり、「修学旅行、行かない」と言い出すではないか。やっぱり、無理だったか……、と弱気になりつつ、先生を呼びに。一年生のときからの持ち上がりの先生で、ちーは、この先生にくっついているつもりだったはずなのに、先生が、車のところまで来てくれると、耳をふさいで、窓を閉めてしまう。

「じゃあ、ほかの子どもたちがみんなホームに移動してから、もう一度来ますね」ということで、先生が去られてから、車の中で、ちーの気持ちを何とか聞きだそうとする。お家に帰るの？　と言うと、それは「いや」らしい。「車で名古屋まで行く」なんて無理なことを言い出したり。「新幹線に乗る」「お家に帰る」という二枚の紙を見せて、選ばせようとしたけど、両方とってくしゃくしゃに丸めてしまった。刻一刻と、出発の時が近づく……。そのうち、ついに、「帰る」と言い出した。

がっくりしながら、先生に言いに行こうと、車を降りると、ちょうど、再び、先生が迎えに来てくれたところだった。それを見ると、何と！　ちーがあわてて荷物をとりまとめ、車から降りてきた。おとうさんにも来てくれるように頼んで、先生とちーと私で改札まで走っていく。駅の構内にはいると、やっぱり、パニック状態になってしまったのだが、駆けつけたおとうさんと一緒に何とか抑えて、先生と一緒に改札を抜けさせることに成功。そうすると、一気に表情が明るくなって、「じゃあね〜」。新幹線の出発の時刻を過ぎるまでそこで待機していたが、再び帰ってくることはなかった。無事に出発できたのだった！

連れ帰ることも覚悟して、車で待機していた夫のところに戻り、自宅へ帰る。夫は急いで会社へ、私は、やりっぱなしだった家事を片づけていると、先生から電話が。「ご機嫌で乗ってますよ〜」「今朝トイレに行ってないんですけど」「新幹線に乗ってからすぐに行きました」「引きこもったんじゃないですか？」「もう出てきました」ってことで、とりあえず、安心。あとは、先生にお任せするしかない。

で、子どもたちが無事に出発したら、温泉旅行に行こうというおかあさん仲間とのプランが実現することになった♪　夢みたい。私は午前中用事があったので、連れのふたりに先に行ってもらって、宿の手配をしておいてもらい、三時ごろ、熱海のホテルで合流。オーシャンビューの部屋がとれたのに、あいにくの雨だったけれど、明るいうちから温泉にはいって、たっぷりおしゃべりし、用意してもらったご馳走を食べて……というだけで、十分に幸せな私たちであった。

◆五月二一日（金）　新横浜駅で大騒動

四時半くらいの新幹線で、新横浜に戻ってくる。今までの旅行のときと同じように、ニコニコと改札を走り抜けて帰ってくるだろうと思っていたのが、甘かった！　行くときに、通り抜けるのにあれだけの勇気を要した駅の構内、帰りだって、ものすごく怖いに決まっているのだ。

ほかの子どもたちが、ぞろぞろと先生や友達と手をつないで、団体用の出入り口から出てくる。出迎えた校長先生に、誰かが「これで全員です」と言ってるのが聞こえたけど、ちーは出てきてないぞ！　しばらく待ったが、出てこないため、添乗員さんと同行した教頭先生に促されて、私がホームまで迎えに行く（しかし、団体用の入り口から普通にはいっていったので、ちょっととちょっとと、ＪＲ職員に呼び止められました）。

パニクってるのかと思いきや、私の顔を見るとうれしそうに駆け寄ってきた。もちろん先生が付き添っていたのだが、やはり、改札付近に近寄るのが怖くて、階段を降りられないのだ。しばらく様子を見ていたが、長期戦になりそうだったから、添乗員さんもつきあっていられないだろうということで、私とちーがふたりで残されても改札を出られるように、先生がちーの切符と私の入場券を持ってきてくれた。これであせらず、待っていられる。とじっくり構えていたら、ちーは、階段を途中まで降りて、下の様子を伺うということを何回か繰り返したところで、人通りがとだえたタイミングを見計らって、階段を降りきることができた。

さて、これから、最大の関門、自動改札を通らなくてはいけないのだが、どうしても、怖いらしくて（何が怖いのか、私にわからないのがもどかしい……）、そこで、またしゃがみこんだり、ウロウロしたりすること一〇分くらい。表情もだんだん余裕がなくなって、声も大きくなっててくる。そこで、ちーが団体用の出入り口に気づき、あそこから出たいと訴えた。そばにいた窓口の人に、「さっきの養護学校の修学旅行のものですけど……」と交渉していたら、ちーが、どっかの添乗員がその出入り口を開けたのをみて、ぱっと走り出した。しかし、走り抜けようとするのを、そのどっかの添乗員にぐわっしと阻止される。「触らないでください！」と思わず叫んでしまった。ちーは、この恐怖からやっと逃れられると思ったのに、見も知らぬ男からいきなり邪魔されてパニック寸前である。あせっていると、さっき、私をとがめたＪＲの職員さんが、切符を受け取りにきてくれた。解放されて、叫びながら、風のように人の間を駆け抜けていくちー。人々の頭の上にたくさんの？マークを残し……。

◆五月二四日（月）　次は三年後かい！

修学旅行に行ったからといって、何か変化があるとは、期待していなかったけど、思ったとおり、相変わらず、まったく学校に戻る気配はなし。ただ、先生には、「今度は、高等部の修学旅行ね」と言っていたそうである。次は三年後かい！　このところ、高等部の修学旅行は沖縄で、当然、飛行機。新幹線の改札を抜けるのに、あんなに大騒ぎしてたのに、空港なんて、無理でしょ……。

帰ってきて以来、三日間、一歩も外に出ていない。明日は、オーバに行くと言い出したが、電車は使わないそう。バスの路線図調べなきゃ。

◆五月二五日（火）　バスも電車もだめなら、歩く！

最寄りのバス停から横浜駅行きのバスが出ているので、それに乗って、横浜駅の二つくらい前の停留所で降りて、そこから、桜木町のオーバのアトリエがはいっているビルまで歩くのが、今のちーには一番無理がなさそう。ご機嫌で出かけたものの、市営バスに乗るのも数カ月ぶりなので、またもや、すごい葛藤があり、一時間に二本しかない便を、結局三本やり過ごし、一時間くらいかかって、決死の覚悟で乗り込む。しかし、後部の奥の空席にむかって、あせりまくって突進して、段差につっかかり、手前にいたおばさんにぶつかってすごい痛い思いをさせるわ、降り口のところに、置いてある、チラシを全部ほしがって、騒ぎだすわ、と、緊張してるから無理ないんだけど、母は針のムシロ……。

バスを降りてからは、スムースに歩き、約束の時間をはるかにオーバーしていたけれど、アトリエに到着。ちーのためだけに、部屋を開けて待っていてくれるオーバさん、いつもながら、感謝、感謝です。さて、心ゆくまでお絵かきした後、帰路についたけれど、本人も私も、バスはもうこりごり、電車にはもちろん乗れないってことで、「徒歩で」家まで帰った。桜木町からうちまで、どれくらい遠いか、横浜在住でない方には、ピンとこないでしょうか……まあ、普通ちょっと歩こうとは思わない距離である。二時間強かかって、家についたときは、真っ暗。私も、途中でへたってタクシーを拾うことになるだろうと思っていたのだが、ちーがスタスタ歩くもので、半ば意地になり、最後まで歩きとおしてしまった。オーバから歩いて帰ってきたというと、息子から「ありえない」とあきれられる。

■二〇〇五年　高等部入学、回復の兆し――ちづる一五歳（高一）

15歳。御殿場のキャンプ場にて。GW は子どもたちが小さいころからいつも大学時代の友人家族と一緒に出かけていた。引きこもっていた時期には珍しく、この笑顔。左手にはこの少し前から手離さなくなったパグ犬のマスコットを持っている。

不登校が続き、中学部で養護学校ともお別れかと思っていたら、三月になって突然高等部に行くと言い出し、めでたく入学。不定期ではあったが、自分で登校する日を決めて、無理のない形で通い始めた。

正和は高三になったが、秋になってもなかなか受験勉強に身が入らず、親ともケンカばかり。遅く来た反抗期がずっと続いているといった感じだった。

◆一月二八日（金）　あれから一年

「学校に行かない」と宣言したのが、昨年の一月二二日。とうとう、一年がたってしまった。完全に引きこもり状態になったのは六月くらいだから、感じているほど、時間はたっていないともいえる。ちづるの今の症状は、近ごろ増えているパニック障害の人と似ているものだということが最近わかり、薬の量を増やして、効果が出てくるのを待っているところ。このごろ、少し外に出るのが楽になってきたのは、やはり、薬をちゃんとのんでいるからだろうと思う。

実は、親しい友人がこの数年、パニック障害を抱えていて、彼女と話しているときに、よく、「ちーちゃんの気持ちがすごくよくわかる」と言ってくれていたのだけど、私は、健常の人がかかるパニック障害と、ちーのような重度の知的障害のある自閉症児のパニックはぜんぜん別のものであると思い込んでいたので、やさしい彼女の慰めの言葉としか、とっていなかったのが、いろいろと話を聞くうちに、ある日、突然、もしかして？　と目からウロコが落ちるように気づいたのだった。

主治医の先生に確かめてみると、ここ数年、知的な遅れのある自閉症の人のパニックと、パニック障害の人のパニックには親和性があるといわれるようになってきたということで、ちづるにも、以前から、精神安定剤のほかにパニック障害の人に出される薬も処方されていたのに、私はその意味がよくわかっていなかったのであった……。完全に引きこもり始めたころ、薬を飲むことに対して、強硬な抵抗にあって、「本人が納得してのむのでなければ、しかたがない」と悠長にかまえて、やめてしまっていたのだが、パニック障害ならば、服薬しなければ、症状はよくならない。のまないと、怖いのが直らないよ！　と一心に伝え、ちょっと駆け引きのような手段も使って、再び薬をのませ始めることができたのが、二カ月ほど前。気持ちがおおらかになる作用がある薬なので、うちの中では、ちょっとうるさいほどハイテンションになっている時間が長いのだが、まだまだ、以前のように外出できるようになるまでには、時間がかかりそうである。

◆一月二九日（土）　台所で

生活リズムが乱れがちなので、一日三食きっちりとはとれないことが多くて、この生活が始まったころは、ずいぶん心配していたのだが、近ごろ、そんなに気にすることはなくて、今の生活で体が必要としている栄養はとっているはずだと楽観している。このところの、ちーのお気に入りの朝食は、インスタントの「松茸のお吸い物」（永谷園でなくてもＯＫ）に、青ねぎ、かわいい花麩、あれば、かまぼこ、それにお餅を煮て、いれたもの。火をつけるところ、やかんや鍋に水をいれるところ以外は、どんどん自分で支度し、私が手を出すと、「やめて！」と怒る。何でも、「自分でやるー」といってきかない二歳児みたいな感じで、自分でやれる手順のところでは、私を台所から押し出しかねない勢い。

作る過程を見ていた料理はよく食べてくれるような気がするし、自分でもできそうだと思ったら、すぐやってみようとするようになった。それはいいんだけど、困ったことに、初めっから、私の指示を受け付けず、自力でやってしまおうとするのだ。だから、失敗しちゃうし、私も落ち着いて見ていられず、カリカリするので、雰囲気が悪くなってしまうんだよね。片時も離さず持っているマスコットのパグ犬を調理中も持ったままなのも、不衛生で気になってしかたがない。「汚いから、パグはおいて！」というと、わきにはさんで作業。これも、あぶなっかしい。いつも突然始めてくれるから、私も準備が間に合わなくて後手後手に回っている感じ。こちらのペースにもっていくことができない自分に腹が立つ。いつもちーのペースに支配されているというのが、私たちの根本の問題点なんだろうなあとは思うのだけど。

今日は、私が出かける支度を（ちーも留守番を納得済みの外出）しているのに、いきなり、「クロワッサン作る」と冷凍室からパイシートを取り出してくる。こないだ、私が作ってあげたのを思い出して、ふと食べたいと思ったらしい。作るといったら作るので、時間を気にしつつ、手も出せないまま見守る。まず包丁でパイシートを切る。やらせておくと、適当に切り刻んでしまいそうなのだが、こうふうに切ってと、指差すだけでも怒るので、困ってしまった。手の上に手を添えて包丁の向きだけ変えてあげるとそれは受け入れた。三角形に切ったのを端からくるくると巻いて、私が小皿に溶いてあげた卵黄を刷毛で塗り、オーブンのお皿に並べるところまで自分でできた。焼き上がるまで待って、「ちー、クロワッサンできたよ」と呼ぶと、ルンルンとやってきて、お皿に移す。食べるところまでは、時間がなくて見届けられず、「じゃあ、行ってくるね～」と出かけてしまったのだけど、帰ってきたらお皿がからっぽだったから、きっとおいしく平らげたんだろうと思う。

まあ、いろいろと課題はあるけど、とりあえず、「自分が食べたいものを作って食べる」のは、ちーにとって、素敵なことには違いない。これを、細かい手順を確実にこなすワンランク上の調理にもっていけるかどうかは、私のコーディネートにかかっているのだ。はぁ、できるかなあ（早くも弱気……）。

◆二月一五日（火）　このところ……

すっかり、完全におうちモードに戻ってしまった。描きためたイラストの束の中から、バサバサと何十枚かを選んで、紙袋に詰め、「これ、オーバに持って行く！」と嬉々として渡すのだが、「ちーは行かない、おかあさんが持って行く」という。昼夜逆転になっていることも多いし。やっぱり、薬をのんでいるだけではダメで、外出するには何か強力なきっかけがいるんだろうけど、それも、単発的なものでは、終わったら、また、今みたいにこもっちゃうという繰り返しになるみたいで、根本的には変わらないという気がする。

環境そのものをすっかり変えるのが一番効果的なんだろうけど。本人は「引越したい」といっている。「どこに?」と聞くと、「六〇二号室」だって。???

◆三月一日（火）　卒業遠足

中学部の卒業遠足の行き先は、八景島シーパラダイス（三つの水族館を含む複合型遊園地）。前日まで「行く」って言ってたけど、行くための準備をやる気配がなかったので、たぶん、本人も行く自信はないだろうなと思っていたところ、やはり、朝起きてこなかった。近ごろのちづるの状態で、強引に出かけても、たぶん失敗して挫折感を味わう危険性が高かったので、私も強いて行かせるつもりもなく、いつものようにのんびり過ごしていたら、一〇時過ぎに、布団の中から、眠気と戦いながら、必死で「おかあさん、シーパラダイス行く!」（私が行ってビデオと写真を撮ってきてという意味）との訴え。食事させないで出かけるのは気になったけど、コーンフレークや、パンなど、ひとりでも食べられるものを一応食卓に用意して、ビデオを持って、急いでシーパラダイスへ。

学年のみんながシーパラダイスを出る前に撮影しなくちゃいけなかったのであせったけど、うまく間に合って、出口付近で出会うことができた。しばらく見ない間にみんな、一段と大きく、しっかり成長しているようにみえた。全員が歩いていく姿を撮影、写真も何枚か撮って、バイバイしたあと、せっかくなので、私もシーパラダイスを散策。

水族館、新しくできたドルフィンファンタジーの中も、撮影。イルカの水槽の前をいつまでも離れられない。普段は、ちーにはちーの成長のしかたがあるんだと割り切っていても、こうやって、学校生活を楽しみながら、いろんな体験を積み重ねて成長しているクラスメイトたちを目の当たりにすると、かなりへこんでしまって。そんな私をシロイルカが慰めてくれているように感じていたのであった……。

午後も遅い時間に帰り着くと、何と、ちーはまだ寝ていて、あきれてしまった。起きてきて、食事もすませて、落ち着いてから、ビデオを見せると、うれしそうに、画面に向かって、友達の名を呼びながら、手を振っていた。行った甲斐があったよ。

◆三月一五日（火） 卒業式を前に

以前にも書いたが、ちづるについては、ずっと、よこはま自閉症支援室（現在は横浜市発達障害者支援センター）というところに相談していて、信頼するケースワーカーの篁《たかむら》先生のアドバイスを命綱のようにして、過ごしているわけなのだが、ありがたいことに養護学校の先生たちも、篁先生にアドバイスを仰いでくれている（できそうでなかなかできないことじゃないかなあと思うのである。もちろん、そういうふうに動いてくださるのが断然望ましいんだけど）。

で、先生方から、「篁先生に、ちづるさんが卒業したという意識をはっきりともてるようにしてあげてくださいという、アドバイスを受けたのだけど、具体的にどうしたらいいでしょうね」というお話がある。

みんなと一緒に、卒業式に出るのは、今の段階では、とても敷居が高すぎるだろうから、みんなが帰ってから、学校に来て、ひとりで卒業証書授与をやってもらうか、学校まで来るのも無理なら、ちづるの行けるところ（公園でも、路上でも）まで、先生たちが来てくれるか、それとも、自宅まで先生たちに来てもらうか、と案が出たけれど、まったく外に出なくなっている今は、現実的なのは、うちまで来てもらうというものだけ。それも、生活リズムが乱れていて、起きている時間も決まってないし、午後一時から、ケーブルテレビでハイジを観ることが日課になっているので、その時間帯は避けなくちゃいけないし……という状態なので、当日、ちづるの様子次第で、決めましょうということになった。

卒業式にはちーは「出ない」ときっぱり宣言している。でも、私に行ってもらいたいかどうかは微妙なところらしい。また、義父母に、午前中うちに来てもらうことを頼んでおく。

◆三月一九日（土）　祝卒業！

卒業式。私としては、私が卒業式の模様をビデオに収めてから帰宅し、ゆっくりちづるの様子を見きわめて、担任の先生に連絡して、午後三時くらいから来てもらおう、もし、その日、コンディションが悪ければ、日を改めてもいいし……とのんびり構えていたのだが、前日に、担任の先生から、卒業式が終わったら、即、校長と担任四人でお伺いすることになりましたという連絡がある。正直いって、え、そんな大げさなと思ってしまった。それに、時間を指定されても、寝てるかもしれないし、パニックになってるかもしれないし、ハイジを観る時間になっちゃうし……と困惑したけれど、結局、そのような段取りに。

当日、ちーは、私が卒業式に行くことには抵抗なく、おじいちゃん、おばあちゃんの訪問も機嫌よく、受け入れる。卒業式は、最前列でバッチリ撮影し、大急ぎで帰宅、バタバタと片づけをして、先生たちを待ったのだが、ここで、思ったとおり、ちーが先生たちが来ることに対して、ものすごい拒絶を示す。いやだいやだと言いつづけ、ピンポーンとチャイムが鳴ると、私をつかんで、玄関のドアを開けさせないのだ。私の動きを阻止する一方で、並べてあったスリッパを投げ散らかすわ、玄関のドアを内側から、思いっきり何度も蹴り上げるわ、スリッパの底を片っ端からはがし始めるわ、大暴れ。しかし、いつまでも外に待たせておくわけにいかないので、何とか、ちづるをふりきって、ドアを開ける。

と、そこに並んだ懐かしい先生方を見たとたん、暴れていたのがピタッとおさまり、ひたすら、照れくさいモード。顔を隠しながら、でも、笑いながら、手だけ差し出し、握手を求めたあと、自分のお城、和室の布団の中に、まっしぐらに逃げ込む。いつもは、誰かが来ると、ふすまをピシャッと閉めてしまうのだが、このときは、そんな余裕もなく……。で、校長先生に、なんなくそこに踏み込まれ、さきほどの卒業式のときと同じく、卒業証書を読み上げ、「赤崎千鶴さん、おめでとう！」と渡してくれるのを、布団の中から、手だけ出して受け取る。顔は見えないけど、かなりのハイテンション！　そのままで、校長先生に何度も握手を求めちゃったりして。何とお行儀の悪いこと……と恥じ入りながらも、パニック中でも、睡眠中でもないときに、卒業証書がもらえて、目標は達成できたわけだわとほっとする。私だけでなく、その場の全員がほっとしていたと思う……。

アルバムや、卒業記念のプレゼントや、いろんな楽しいものを先生が紹介しながら、並べてくれるのを、布団をかぶったまま、しっかり見ている模様。そして、校長先生が次の予定があるからということで、嵐のように先生たちが立ち去られたあとは、何だか、ちづるも一仕事成しとげたあとのようなすっきりした顔をしていた。どうなることかと心配したけど、これくらいの揺さぶりはかけても大丈夫だったんだな。そのあとすぐに、撮影してきたビデオで、友達が校長先生から卒業証書をもらっているのを見せたので、きっと、「自分も卒業したんだ」という意識はもてたんじゃないかと思う。

◆三月二五日（金）　高等部進学！　そして……

思いがけず、卒業式の出張サービス（？）を受けられたおかげか、それとも、私が撮って来た同級生の卒業式の映像を見て、刺激を受けたせいか、ちーの中ではかなり薄れつつあったんじゃないかと思われる「学校に通う自分」を具体的にイメージしたようである。卒業式の二、三日あとに、「そろそろ学校行こうかね」と口に出した。内心、「エーっ！！」と思ったけど、あんまり過剰に食いつくと、ひいちゃうので、表面はさりげなく、「あ、行ってみる？」というふうにさらっと受け、「じゃあ、四月五日、入学式だけど、どうする？」と聞いてみると、「行きます」と言うではないか！

つい、こないだまで、「養護学校はやめる」ときっぱり宣言していたので、入学手続きもこっそりすませたし、入学しても、先生との連絡はちーに知られないようにしなくてはと、覚悟していたのだが、ちづるの意思で入学するならば、実際にすぐに通えないにしても、万事がやりやすくなる。あきらめないで、よかった！　しかし、もう何カ月も外に出ていないのに、あんなに拒否していた学校に、入学式の日、いきなり行けるのかどうかについては、かなり悲観的な観測しかできない……。いつ気分が変わるかもわからないので、あまり刺激しないように、そっと、通学用のスカートやシャツ、カーディガンなど用意する。何年か前、ちーがすごくあこがれていた「女子高生」スタイル。これを着て、通えるようになるなんて、今のところは、夢みたいだけど、たんすの中にしまっておいた。

◆三月三〇日（水）　女子高生スタイル

入学式が近づくにつれ、ちづるの口から、何度も、四月五日、入学式行きます！　という言葉がきかれるようになり、これはもしかしたら、本当に行く気かもしれないという確信がもてたので、用意していた、高等部用の洋服を見せてみる。サミットで見つけた胸にハローキティの刺繍がしてあるボタンダウンシャツに、同じ刺繍のはいった紺色のカーディガン、中学の卒業式にもつけたリボンタイ、紺色系のチェックのスカート（これは奮発して高島屋で……）、紺のハイソックス。どんな反応を示すか、ドキドキしたが、へそを曲げることもなくて、素直にはっとしたような笑顔で、受け入れてくれて、いい感じである！

◆四月四日（月）　入学式前日

ちづるはこのところ、私たちがちづるの部屋として割り当てた洋室ではなく、リビングに隣接した和室（勝手に寝室を移しちゃった）で寝泊まりしているのだけど、洋服だの、山のようにあるキャラクターグッズだの、これまた山のようにあるファイルだのは、自分の洋室に置いてある。一番大事なものだけ和室に置いていて、必要なものはその都度、洋室から取ってくるのだが、今日、私が洋室の壁のフックにかけておいた高校用の洋服を、自ら、和室のフックにかけなおしている！　これは、本気で行くモード？　帰宅したおにいが、目ざとくそれを見つけて、「ちー、学校行くの？」と驚く。

「そうらしいよ」と答えながらも、私もやはり半信半疑。何しろ、外出といえば、一月にオーバに行ったのが最後。学校には、「歩いていく」と言っているが、順調に歩いても一時間弱かかる。そんなに長い距離が歩けるのか？　タクシーにも乗れそうにないし、出かけたはいいけれど、ある程度歩いたら、進むことも戻ることもできなくなってしまうんじゃないだろうか。それに、もし、首尾よく、学校までたどり着いたとして、あんなに拒否していた建物にはいれるのだろうか？　結界でもはってあるかのように近づけなかったのに……。

不安は尽きないけれど、何よりも今までと違うことは、ちづるが、自分から、「学校に行く」と言っているところ。その意思のエネルギーを信じるしかない。

◆四月五日（火）　入学式

入学式当日。すっきりと起きて来て、すばやく身支度する。ボタンダウンシャツの衿にリボンを通すのが難しくて、悪戦苦闘の末、リボンはあきらめて、マスコット犬のパグにつけてやっていた（パグよりリボンのほうが大きいんだけど）。洗面台の前におとうさんと並んで、髪をとかす。わ、普通の女子高生みたいと、思わず、写真を撮ってしまった。ムービーも。やっぱり、晴れの日だから、可愛くしていきたいのね～と微笑ましく思いながら朝食の片づけや自分の身支度をしていたのだけど、ちょっと、洗面所にいる時間が長すぎる？ と胸騒ぎがして、のぞいてみると――。

！！！ やってくれました。まーた、髪を自分でチョンチョンに切っちゃった。ようやく、いい感じに伸びてきていたのに、またお笑い芸人テイストに逆戻り。しかし、本人はこっちのほうが可愛いと思っているのか、満足げである。時間もないし、ちーのテンションを下げたくないので、ほとんど手を入れずに、そのままいざ、出発。

久々の外の世界。ぽかぽかと暖かく、ちーも、気持ちよさそう。ずんずん歩いたが、車の通りの激しい道路を渡るときが、一番不安なのだということがわかった。渡らずにすませようと、ほかに道を探そうとするのだが、ここを渡らないと学校に着けないよとはっきりと伝えると、がんばって渡ることができた。絶対行くつもりなのだ。すごい！ 自分なりに突破口を探してるんだなと感じる。

しかし、いよいよ、学校の近くまで来ると、思ったとおり、大変な葛藤が始まってしまった。ぐるぐると同じ道を回り続けた挙げ句、思い切って、敷地内に走りこんだが、そのまま突っ切って、外に出てしまった。

そのまま逃げるように走りつづけ、近くの公園へ。ベンチに座って、ひと息つく。ちづるは、学校に行かないと言い出してから、校舎に近づくことにすら恐怖を感じているふうだったので、自分の足でここまできて、一歩でも足を踏み入れただけでもすごい進歩なのだが、せっかくここまで来られたのに……と私はかなり気落ちしてしまった。

本人もはいれなくて、がっかりしちゃったかなと思いきや、わりとけろっとしていて、「もう帰るの？」と尋ねると、「帰らない」という。のどが渇いた、お水飲んでいい？　と聞いてくるので、どうぞというと、さあーっと水飲み場まで走っていき、蛇口をひねったとたん、噴水みたいに水が噴出し、袖がびしょびしょに！

脱がざるをえなくて、紺のカーディガンを脱いだら、シャツはあまりのウエストの細さにスカートからはみ出し、ついでに、靴下まで脱いじゃって「はだし」に。髪もアンガールズみたいだし、今朝の鏡の前の女子高生の姿は、はかなくも消えうせ、いつもどおりのアヤシイおねえちゃんになってしまった。

いろいろやりとりして、ここで、先生が出てくるのを待っていたいのだということがわかる。去年の中三の始業式のときも、この公園まで新しい担任の先生たちに来てもらったので、そのイメージでやりたいようだ。学校に電話して、その旨伝え、入学式、その後の説明など、すべてが終わって、生徒・保護者が帰り、先生たちが来てくれるのを待つ。

一時間半くらい待って、ようやく、先生たちの姿が見えてきた。何と、校長先生まで。ちづるのために、特別に、「入学許可書」なるものを、卒業証書みたいな形あるもので、という考えできっと作ってくださったのだと思うんだけど、用意されていて、それを授与していただいた。担任の三人の先生と学年主任の先生で、入学式っぽく盛り上げてくれたので、ちーもその気になったかな。高等部では、まったく新しい先生に担任してもらうことになるだろうから、親子ともうまくコミュニケーションがとれるだろうかというのが、とても心配だったのだが、何と、中三の担任で、この一年、ずっとやりとりしてきたK先生が担任にはいってくれていて、心の底から安堵した。少なくとも、この一年は、見通しが明るいかも。ちーも、何だか、すごくうれしそうに、先生たちとかかわっていて、写真もいっぱい撮った。曲がりなりにも、高等部第一日目は出席。上出来！

◆六月七日（火）　一年半ぶりの学校

入学式の後は、相変わらずの生活が続いていたのだが、K先生や新しい担任のY先生が家庭訪問に来て、入学式の時に先生たちと撮った写真や、クラスの生徒の写真を見せてくれたりしたおかげで、一応、自分が一年B組に所属していることは意識している様子。いい表情でクラスメートの写真を眺めていたりするので、いつか、行く気になるかもしれないなあと楽観していたら、ついに。「学校、行く」と言い出した。

通い始めるというわけではなく、ちょっとこの日に行ってみるかなという感じで、今日を指定してきた。K先生にも連絡したら、とても喜んでくれた。昨日から、準備万端整えていたけど、朝は、ちょっと寝坊。でも、起きるとさっさと支度して、行く気満々。と、そこまではよかったのだけど、私がトイレに行ってるすきに、ひとりで飛び出しちゃった！

できるだけ早く追いかけたのだが、それでも、うちを出るのに、二、三分はかかってしまい、見通しのいいところまで来ても、ちづるの後ろ姿はもう、見えなかった。でも、近ごろちづるの歩ける道はとても限られているので、この前登校したときと同じ道をたどっていけば、どこかで追いつけるはずと、それほど心配しないで、早足で歩きつづける。……しかし、学校のすぐ近くまで来ても、ちーの姿は見つからず、もし、ひとりで到着したなら、先生から連絡があるはずだと、だんだん不安になってきて、学校に電話してみる。やっぱり、来ていない。どこに行っちゃったんだろう？？？

入学式の日に待機していた学校の近くのいつもの公園も含め、このあたりを探してみますという先生に学校付近の捜索を任せ、私は、もしかしたら、自宅に戻っているかもしれない可能性があるので、急いで引き返す。帰り道でも発見できず、自宅マンションに戻ってきたが、やはり、帰っていない。管理人さんに、もし、見かけたら、私の携帯に連絡をくれるようにお願いして、私は自転車で再び、出発。

今度は、わき道も探しながら、ゆっくり学校に向かってみるが、どこにもいない。以前、よく学校帰りに寄っていた丘の上の公園にも行ってみたが、やはりいない。見晴らしのいいところに立って、下の道を歩いていないか、しばらく眺めていた。ちづるがうちを出てから、もう、二時間近くたっていた。何カ月も、ほとんどうちから出ていないちづるが、ひとりでいったいどこで何をしているのか。勢い込んで、出発はしたものの、どこかで、怖くなって、立ち往生しているに違いない。私を探すにも、うちに戻るにも、動くに動けず、うずくまってしまっているのかも……。やっと、学校に行く気になったのに、こんなことになってしまって、ちづるがとても哀れに思えて、つい、涙が出てきた。

◆六月七日（火）続き　うれしいときの涙

気を取り直して、学校に向かう。途中、携帯が鳴り、見つかったんだ！　とほっとして、電話に出ると、夫からで、がっくり。うちのことを心配して電話かけてくることなんて、めったにないのに、間の悪いやつである。ちづるがちゃんと学校に行けたかどうか、気にしてかけてきたのだった。状況を説明して、見つかったら知らせるからと電話を切る。

学校に着いたが、もちろん、ちづるは到着していない。担任のK先生に、「これから、交番に寄って、探してもらうように頼んでから、うちに戻って待機します」と話して、帰ろうとした、ちょうどそのとき。ちづるが走り込んできた！

すごくニコニコしてて、不安な時間を過ごしていたようには見えない。「ちーちゃん、どこ行ってたの？！」と聞いても、要領をえず……。とにかく、先生たちは一様にほっとして、久々に登校できたちづるを、暖かく迎えてくれた。「おかあさん、ばいばーい！」と上機嫌なちづるをK先生に託して、私は、自転車で帰路につく。

涙がこみあげてくる。今度は、とっても気持ちいい涙。悲しいときや、情けないときだけじゃなく、うれしいときも、自然と泣けるものだということを、久々に思い出した。無事に見つかったという安堵感も、すごく大きかったけど、ちづるが一年半ぶりに学校に戻れたということが、夢のようだった。

学校にちづるが現れたのが、もう給食が始まるころだったので、下校時間までたいして間がなく、帰宅して食事をとったら、あわただしく、また学校に戻る。ちづるの要望で、学校ではなく、近くの公園で待ち合わせ。一緒に待っていてくれたK先生に今日の様子を簡単に聞いてから（結局、教室までは行けなくて、校長室で過ごしたそう）、自宅に向かう。

緊張した様子もなく、気持ちよく、歩いていたが、そのうち、「カンコク、カンコク」と言い出した。

私「カンコクがどうしたの？」
ち「キムチ食べたねえ」
私「？」
そういえば、ちづるの白いシャツの襟元に、キムチのたれみたいなオレンジ色のちょんとしたしみがついている。通りかかったお店かなんかで、キムチの試食かなんかしたのだろうか？　いや、もしかして？！　……ちらっといやな予感。
ち「キムチチゲ食べたねえ」
私「えー！！！　どこで！！！」
ち「ここー」
ちづるは、歩いていた道をちょっと戻って、小さな店を指差した。
そこには韓国家庭料理の店「マシソヨ」という看板がかかっていた……。

◆六月七日（火）続き　無銭飲食しちゃった！
空白の二時間の謎がとけたぞ。ちづるの手をひっつかんで、店内にはいる。誰もいない。清潔で明るくとてもいい雰囲気。まだ新しい店なのかもしれない。声をかけると、奥から、私と同じくらいの年代の優しそうな女の人がでてきた。

「この子が、午前中、お店に来ましたか？」

私が尋ねると、ニコニコしながら、うなずく。あまり、日本語が達者でない様子。

「あのー、何か食べましたか？」

再び、微笑みつつ、うなずく。ああ、やっぱり。「すみませーん」恐縮しきって謝ったけど、彼女はいいのいいの、って感じで手を振っている。

「何を食べたんでしょうか？」と尋ねると、写真入りのメニューを持ってきて、キムチチゲを指差した。一二〇〇円なり。確かにおいしそう……。

「それと、コーラも」。ちょ、調子にのって～。どんな顔して注文したのやら。

「キムチチゲは全部食べましたか？」という質問には、ジェスチャーをまじえ、とてもおなかがすいていたようで、あっという間に平らげたみたいな答えが。朝ごはん、一応、食べたんだけど……。

「コーラはサービス」なんて言ってくださったが、お支払いして、「もし、また来たら、ここに連絡ください、本当にすみませんでした」と私の携帯番号と、名前をメモして渡し、ちづるが先に出てしまったので、バタバタと失礼する。

「ちーちゃん、ひとりでお店にはいるのは、バツだよ！」

「おばちゃん、かわいそうだよ、お金払わないと！」

「ハーイ！」

無銭飲食がいけないと、どうやったら、伝えられるのか、その場で、しかられたら、わかるのかもしれないけど、今回は、うまくやれちゃったからなあ、ハーイなんて言ってるけど、絶対反省してない。気をつけないと、またやりそうである。

はあ、それにしても、韓国料理屋さんで、キムチチゲを食べていたとは！　脱力して笑えてきた。いや、もちろん、犯罪だし、警察につきだされても、文句は言えないところだったのだから、深刻に対策を考えなくてはいけないのは、わかっているけれど。

帰ってから、夫とおにいに話したら（夫には、見つかった時点で連絡入れただけだったので、このオチは知らなかった）、えーっ！　と驚きながらも、笑っちゃっていた。やっぱり、家族にしてみれば、ちづるがひとりで、お店にはいって、食べたいものを注文して、それを食べちゃったというのが、ちづるの今の状態を思えば、すごい快挙だと感じてしまうからなのだ。

ちづるは、携帯のカメラで、韓国料理屋さんのおばさんの写真までちゃっかり撮っていた。おばさんも笑っていて、ちづるにとっては、とても楽しい時間だったってことがわかるのである。大のキムチ好きの息子には、この写真が大うけで、「俺も、この店でキムチチゲ食べてー」と言っていた。

◆八月三日（水）　夏休み

といっても、もともとロングバケーション中のちづるだけど。

今日は久々に父親の運転する車に乗ることができた。GWに一泊旅行に出かけて以来、「乗らない！」と頑強に拒否し、遠出ができなくなっていたのだ。そうして出かけた先は、児童相談所。

ちづるは重度の知的障害の判定の療育手帳を持っていて、九月が更新の期限になっている。この二年間、ほとんど引きこもり状態のちづるが、三年前に行ったきりのなじみのない児童相談所に出かけていって、しかも職員さんとさしむかいで、検査を受けることなどできるものなのか？見通しはすご～く暗かったのだけど、児童相談所は自宅に出張などしてくれない。指定された今日をはさんで夫に夏休みをとってもらって、昨日は、現場に出かけていって、ちづるに見せて安心させるために写真を撮ったり、あたりの様子を調べて、ここに車を停めて、などと細かく夫と打ち合わせたりして、万全を期す。手帳の期限が切れて、使えなくなっちゃうと、障害児の家族の生活はかなりキビシイものになってしまうので……。

そして、本日、第一の関門は車に乗せるところ。タクシーに乗ろうねと外に出て（そう言わないと外に出ないので）、一〇分ほど歩き、タクシーなかなか来ないし、暑いしというところで、パパの車に登場してもらい、勢いで乗っちゃおうという計画だったのだが、うちの車が寄ってくると、道端のベンチに座り込んで固まっちゃった。かなり頑固な抵抗なので、どうしようかな～

と考えあぐねているところへ、ブーンと蜂が！「ワー！　蜂！　座ってたら刺されちゃう！」と私は立ち上がって大騒ぎ。車に逃げ込むふりをすると、ちーもあわてて乗り込む。ありがとう、蜂さん……。

昨日、撮って来た写真をプリントアウトして渡しておいたら、ちーはちゃんとその紙を自分のバッグに入れて持ってきていた。イメージはつかめているものの、やはり、駐車場に着いても、車から降りられなかったのだが、担当の職員さんに車のところまで来てもらうと、自分から降りてきた。そして、一目散に児童相談所に走りこみ、何と、職員さんとふたりで検査の部屋にはいることまでできたのだ。でも、やはり、検査されることはきっぱり拒否したようで、紙に、適当なことを書いて、はいと渡しておしまいにしたらしい。あとは、私がちづるの日常生活上のスキルを所定のフォームに記入してそれで判定していただけることに。よかった！

■二〇〇六年　少しずつ笑顔が戻る——ちづる一六歳（高二）

16歳、高２。たまに学校に行っても、校長室で過ごすことが多かった。この日は、マドレーヌをつくる調理実習だったため、このいでたち。

中学部からずっと寄り添うようについてくれていた先生が異動になってしまったが、千鶴はそれほど動揺せず、新しい担任の先生にも心を開いて、学校生活に徐々になじんでいった。

夫と私は二月から一緒に近所のスポーツジムの会員になり、休日はもっぱらジム通いに費やすようになった。正和は春、浪人決定。予備校に通い始めた。ＧＷ恒例の友人一家とのキャンプに、久々に正和も参加し、七年ぶりの家族旅行が実現した。

◆三月一七日（金）　また一歩

高等部の卒業式から一週間。今日は、小・中学部の卒業式。今日も、ちづるの希望により、登校。近ごろは、月一回登校すると決めていたようなので、こんなに間をおかずに行けるなんて、いい傾向である。先週とはうってかわった暖かい陽気で、春を感じながら、学校までスムーズに歩く。

先週はわざわざ、卒業式の日を選んで学校に来たけれど、体育館には一切近寄れず、気になる卒業生の顔も見ないままだったのだが、今日は、途中からではあったが、体育館にはいってきて、一番後ろの在校生の保護者の席で、私と一緒に、式の様子を見ることができた。

これは、ちづるにとっては、かなりのハードルだったはずだ。私の印象では、学校に行けなくなる最初の兆候が、はっきりと現れたのが三年前の一一月の学習発表会の時。会場はもちろん体育館だから、行かなくてはならないのはわかってるのだが、緊張感が本当に強く、ほとんど恐怖に近いものだったようだ。そのとき、「もしかしたら、学校に行けなくなるかもしれない」とふと感じたのを覚えている。その予感は残念ながら、あたってしまい、それから、三カ月後、ちづるは「学校行きません」とはっきり宣言したのだった。

だから、こういう式の最中にここにはいってこられたのは、本当に劇的な進歩！　また、ひとつ、難関をクリアした！　これで、また、学校の中で、動けるエリアが広がった。

◆六月一四日（水）　サポートブック

サポートブックをやっと作り始めた。自閉症というとてもユニークな障害のある我が子を、他人に託さなければならない場合に備えて、詳細な情報を準備しておくのである。プロフィールや、成育歴、今できること、できないこと、興味のあること、つきあう上で注意して欲しいことなど、初めてちづるをヘルプする人にとって、こういうものは絶対に必要。

でも、ヘルパーさんに預けられそうもない状態が続いているので、つい、作るのを先送りにしていたんだが、私も、明日死ぬかもしれないし、そしたら、夫とおにいでは、とても面倒見きれないから、いやおうなしに、どこかに預けないといけないわけだわと、ふと思い立ち、あわてて、作成開始。

子どもの成長や変化に合わせて、変えないといけない性質のものだし、まだまだ改善の余地があると思うけど、とりあえず、「現在の状況」という見出しでまとめた部分を、今のちづるの生活を紹介するという意味で、転載する。

現在の状況

＊障害について

自閉症　愛の手帳の判定Ａ１（最重度）

＊服薬

夕食後　セルシン散一パーセント　〇・八ｇ　アナフラニール錠二五ｍｇ

＊持病など

なし

＊からだ

身長一五九センチ　体重三八キロくらい

＊身辺自立

食事・排泄・着替え・入浴・歯磨きについて、介助はいりませんが、ちゃんとできてないときは、本人が受け入れる程度の言葉がけや指示をしてやってください。

＊生活上の問題点

建物内にはいれないことが多いです。人ごみが苦手です。病院、レストラン、駅の構内、店舗内に、落ち着いていることができません。

＊食事内容

食は細く、食べるものは偏っています。ビタミンのサプリメントで補っています。お弁当は食べません。温かい料理が冷めると食べません。

オープンカフェスタイルのレストランであれば、外食可能。

好きなもの：スパゲティ、ラーメン、ちゃんぽん、グラタン、フライドポテ

ト、マックのベーコンレタスバーガー、チーズバーガー
そのほかに外で食べられる可能性の高いもの：コンビニの紅サケのおにぎり、機能性食品のゼリー、コンビニの麺類、機能性食品のビスケット
我が家の献立で食べるものは（食べないときもあり）：炊き立てご飯にふりかけ（ときどき）、味噌汁、おすまし、シチュー、麺類、鶏肉のグリル、鍋物、焼肉、グラタン、もずく、野菜の煮物、厚揚げ、海藻サラダ（こんにゃくいり）、カレー、レタス、アスパラガス、たこ、まぐろ（ときどき）、スクランブルエッグ、炊き込みご飯、筍
チョコレートを食べるときだけ、牛乳をがぶ飲みします。

＊コミュニケーション　内容によっては、三語文程度の会話はできます。
自分から伝えられる事柄の例
●「バスに乗る」「電車乗らない」など移動手段についての確認・希望
●「アイス食べる」「スパゲティ食べる」など食べることについての確認・希望
●「おじゃる丸見る」「お外行く」「ゲームする」など自分がやりたいこと
●「ＤＶＤ買いたい」「ジュース欲しい」など自分の欲しいもの

●「べろが痛い」「足が痒い」「おなかすいた」「暑い」などからだの不調
●「おかあさんと寝る」「T先生と行く」など、一緒にいて欲しい人の選択
●「お風呂はいらないの」「行かないの」など自分がやりたくないこと
●「テレビ消して」「ドア閉めて」などやって欲しいこと
●「歌わないで」「怒んないで」などやめて欲しいこと

上記のことに関しては、聞かれたら、答えられますが、自分が「何をしたか」など、すでにおきたことについては、答えられるときと、答えられないときがあります。

面白いものを見つけたり、自分が面白い格好をしていると思ったときは、「見て見て、ほらー」とこちらに見せようとしたりします。

気分がいいときは、「あのねー」とか「あのさー」などと、話しかけてくるときもありますが、なかなかそのあとは内容が続かず、ただ、笑っていることが多いです。

＊生活

中学二年生の後半から不登校中です。行事はときどき参加していますが、基本的に、毎日、家の中で過ごしています。睡眠が乱れがちで、生活リズムが一定していません。

日課も決まっていません。毎日つれづれなるままにやっていることは

●テレビに出ている芸能人の写真を携帯電話のカメラで撮り、パソコンに送る
●テレビを観る
●インターネットで、芸能人情報をチェックしたり、ゲームをする
●パソコンで画像入りの文書を作る
●文書を印刷して、ファイリング
●DVDを観る
●テレビゲームをやる
●音楽を聴く（主にクラシック）
●本を眺める（ゲームの攻略本か、スター名鑑）
●絵を描く

◆七月一七日（月）　らしくないこと

うちは、家族の箸、誰のものがどれとは決まってなくて、食事のときは、無印良品の竹の箸をごそっと細長い器に立てて、食卓の真ん中に出し、めいめいが自分で出して使っている。

昨日の昼食のとき、お皿を並べて、最後に私がテーブルにつくと、ちづるが、黙って、箸を箸立てから取り出して、私に渡してくれた。びっくり！　感動して、「わぁ、ちーちゃん、ありが

とう！」とお礼を言っても、特に反応はなかったのだが、夕食のときも、同じように、取ってくれた。

何か、いつもと違う。まず、ちづるは黙って何かを人に渡すことはあまりない。うるさく「はいはいはいはい（早く受け取ってよという感じ）」と言ったり、「はい、どう～ぞ！」と芝居がかった言い方をして、おりこうな自分を演じているふうだったり。第二に、頼めば、お箸でも何でも取ってくれるけど、自発的に他人に何かをしてあげるということはほとんどない。

たぶん、ちづるは、「家族四人のうち、おかあさんだけ箸を持っていない」という状態が落ち着かなくて、早く全員が持っている状態にしたかったのかなと考えた。普段は、家族がバラバラに食事をとっていることが多いから、久々に家族四人同時に食事という状況になって、ふと気になったのだろう。

なーんて、深読みせずに、素直に喜んでいればいいことなのかもしれないが、急にらしくないことをやり始めるワケはないので、どうしても、理由を考えてしまう。「ありがとう！」と喜ばれて、ちづるもいい気持ちになり、またやろうと思ってくれたのなら、めっけものなんだけど。

第三章

三人家族へ……

21歳の誕生日。ピンクのチューリップも写っている。前髪を根元から切ったり、眉毛をそり落としたりということをやっとしなくなった。

◎夫の死

◆事故の夜

前の章の最後の日記を書いた翌日二〇〇六年七月一八日、夫は出張で福岡に行った。福岡は夫と私の故郷であり、私たちは福岡の大学で知り合ったのだ。夜には取引先の方を連れて、結婚式の二次会をやった中洲のカフェバーに顔を出している。一週間後に数年ぶりに家族で帰省することになっていたので、マスターに来週は私を連れてくると挨拶したそうである。翌朝の飛行機で羽田に戻り、そのまま会社へ直行した。その日の夕食をうちで食べるのかどうか、夜八時ごろメールをいれたところ、すぐに電話がかかってきた。「食事はいらない」と一杯はいってるらしいご機嫌な声。「あ、そう」と私はあっさり電話を切った。

一一時を過ぎたころ、息子が「帰ってこないじゃん」と言った。この子が父親の帰りを気にするなんて珍しいことだと思い、そう言われると急に私も心配になってきたが、息子には「まだ一一時だもん、飲みに行ったら、たいてい午前様だよ」と答える。

しかし、一一時を過ぎても夫は帰ってこなかった。息子に言ったように、夫の帰りは終電の場合は一時半近くになるし、乗り遅れたときはタクシーで二時近くに帰ってくることもあったので、それほど心配する時刻でもなかったのに、いやな胸騒ぎがしてしょうがなかった。

とうとう一時五〇分ごろ、「無事ですか？」とメールを打った。このメールに返事がなかったので、私は完全に平常心を失い、そのあとは五分おきくらいに電話をしつづけた。梅雨明け前のじっとりと汗ばむような夜気の中、祈るような気持ちでタクシーがマンションの前で止まる気配に耳をすまし、ベランダ越しに見える道路をベッドから起き上がっては何度も何度も見に行った。無事なのだけれど連絡できないという状況を何とか想像しようとしてもみたが、時間が経つにつれ、夫の身にただならぬことが起きたことをほとんど確信していった。

明け方、ついに電話が鳴る。警察の高速隊からだった。

息子に留守番を頼み、近くに住む義父をタクシーで拾って、教えられた大森の救急病院に向かう。電話では、夫はタクシーに乗っていて交通事故に遭ったというが、くわしい症状は教えてくれず、とにかく来てくれということだった。早朝の人気のない病院に着いた後、長い間待たされて、やっと通された部屋は病室ではなく、机と椅子が置いてあるだけの小部屋だった。沈痛な面持ちの若い医師がはいってきて、義父と私に救急車で運ばれてきた夫の死亡を三時三〇分に確認したことを告げた。それから夫が安置されている部屋に案内された。

一晩中待ちつづけてやっと会えた夫は、頭に包帯を巻かれ、その夏に新調したばかりのスーツに身を包んで横たわっていた。まだかすかに温もりが残っていた。前の日の朝、夫を見送ったばかりのはずなのに、その時のことがどうしても思い出せなかった。生きて顔を見て最後に話をした時のことを、今でも思い出せずにいる。

◆葬儀の準備

監察医の解剖が終わるまでは遺体を引き取れないと言われて、とりあえず家に帰るしかなかった。病院を出る前に息子に電話をした。七時ごろ帰宅すると、泣き疲れた様子の彼は呆然とソファに座り込んでいた。千鶴に「ちーちゃん、おとうさん、死んじゃったよ」と泣きながら伝えたが、どうという反応もない。「死」が千鶴の世界にはいりこんできたのは初めてのことだった。

その日は一学期の終業式で、千鶴はずっと前から登校すると決めていたのだが、私が登下校に付き添うことなど無理だ。「今日はお休みしようね」と言ってみたが、まったく聞く耳をもたず、パニックを起こしそうになる。父親が頭を割って病院で死んでいるというのに！　しかたのないことと頭ではわかっていても、この時ばかりはさすがに情けなかった。結局、千鶴は担任の先生の申し出に甘えて送迎してもらい、昼前に学校から帰ってきた。

義父母、葬儀屋さん、私の実家の両親、夫の弟、葬儀を手伝ってくれる夫の会社の方々……。千鶴が来客をいやがるのでほとんど家族だけでひっそりとこもって暮らしていた家の中に、どんどん人がはいってくる。そのことだけでも私にとっても千鶴にとっても、大変な苦痛だった。

千鶴の障害のことを会社の方々はご存じないし、こういう時だからといって、急に聞き分けがよくなるはずもないのに、両親は千鶴の傍若無人ぶりを今さらのように嘆く。私はそれまでの人生で親族の葬儀に出たことすらなかったのに、いきなり自分の夫の葬儀の喪主を務めねばならず、葬儀屋さんとの打ち合わせにかかりっきりだったから、いつものように千鶴に付き添っていることはできなかった。気がつくと、千鶴は夫の上司を「アアー！」とソファから追い立てて、どーんと自分が寝そべっていた。夫からよく話を聞いていた、本当なら一生お会いすることもなかったような大変偉い方だった。夫が見ていたら、冷や汗をかいていたに違いない。

◆父と娘の別れ

お通夜と告別式の間、千鶴をどうするかが問題だった。とても葬儀に参列させられる状態ではなかったが、ひとりでおいていくわけにもいかない。引きこもりになってからは以前お世話になっていたガイドヘルパーさんと過ごすことも断固として拒否するようになっていたし、ショートステイも無理だった。結局、お通夜の間は私の両親が家で千鶴と一緒に過ごし、私が帰宅してから入れ替わりで斎場に行くことにし、翌日の告別式には父だけが参列、母は私の弟のお嫁さんとふたりで家で千鶴をみることになった。

夫が亡くなったのは二〇日の未明だったのだが、火葬場が空いておらず、お通夜が三日後の二三日、告別式が二四日となった。それまでの間、夫は別の斎場で安置されることになって、二一日に三〇分だけそちらの斎場で対面する予約をいれることができた。

　千鶴は葬儀に参列しないので、これが父親にお別れをする最後のチャンスだった。おとうさんが死んだこと、「死」がどういうことなのかをできるかぎり理解させなければ、のちのち混乱してしまうことにもなるだろう。当時、千鶴はまだ本当に気分の不調がひどくて、初めての場所まで指定された時刻に連れて行けるかどうか、当日になってみないとわからないという状況だったが、何とか家から連れ出し、約束の時間に父親と対面することができた。

　夫は病院で見たスーツ姿ではなく白い装束をまとい、包帯もはずされて、顔にはきれいにエンバーミング[1]が施されていた。今まで見たこともない姿で静かに横たわる父を見て、千鶴はどう感じたのだろう。怖がったりはしなかったが、違う次元の世界に行ってしまったことは、何となくわかったのではないかと思う。別れ際、「ちーちゃん、おとうさんにバイバイして」と声をかけると、千鶴は、生きている時はそんなことをしたことはなかったのに、身を乗り出して、夫の額にそっと唇をつけたのだった。そしてあまりの冷たさにびっくりして「冷た！」と思わず両手で口を押さえていた。夫がふっと微笑んだように見えてしかたなかった。

なかった。

◆告別式

夫には本当に気の毒だけど、千鶴は父親の死を嘆き悲しんだとはいえない。けれども彼がこの世からいなくなってしまったことが彼女の精神状態に何の影響もあたえなかったわけでは決してなかった。

告別式の日の朝六時ごろ、ドアの閉まる音がしたような気がして目が覚めた私は、千鶴がいないことに気づいた。千鶴の靴がなくて、玄関の鍵が開いていた。あわてて、両親を起こし、手分けしてそのあたりを探してみたが、姿は見えなかった。息子がいればよかったのだが、彼はお通夜の後そのまま義父母や叔父たちと一緒に斎場に泊まっていた。それまで千鶴は、出先でいなくなったり、はぐれたりしたことはあったが、黙ってひとりで家を抜け出したのは初めてだった。ふと、将来を案じた夫が千鶴も一緒に連れて行こうとしているのかもしれないという考えが浮かび、「大丈夫だから、そんなことしなくていいから!」と夫に話しかけながら、家の近所を走り回ったが見つからない。事故の前日からの疲れがたまっていたせいか、気分が悪くなってしまって、あきらめて家に戻った。

夫の告別式に喪主の私が遅刻するわけにはいかない。切羽詰まって、千鶴のことを以前から相談していたよこはま自閉症支援室（横浜市発達障害者支援センター）室長の関水さんに連絡した。

（1） 遺体の修復・化粧、消毒・防腐などの処置。

まだ早朝といってもよい時刻だったのに、すぐに駆けつけてくれたのは、本当にありがたかった。関水さんは警察への捜索願をはじめ、関係各所への連絡もすばやく手配して、「命に別状のあるようなことはまずないから大丈夫だよ」と言ってくださったので、ここはお任せするしかないと腹をくくり、私は二日目の喪主を務めるために斎場に出かけた。正直言って気もそぞろだったが、一〇時過ぎに、千鶴が無事家に戻っているという連絡がはいって、本当に安心した。

何もかも終わって、夕方近くに帰宅すると、千鶴は自分の居室にしていた和室の窓の障子紙を上から下までビリビリに破ってしまっていた。今朝はいったいどこに行っていたかというと、前々日の帰りに立ち寄った本屋で、ほしがったけど買ってもらえなかった雑誌をひとりで買いに出かけたのだった。本屋の前で開店まで待ち、お金は持っていたが、おかあさんと一緒じゃないと売ってあげられないよと断られると、雑誌を持ったまま、店を出ていってしまったのだそうだ。心配した本屋のご主人が千鶴の後をずっとついてきて、途中で、近くのデイケアセンターの顔見知りの職員さんに、事情を話して見守りのバトンタッチをした。あたりを探していた養護学校の先生もたまたま見つけてくれて、おふたりがそれぞれに、千鶴が無事マンションに帰り着くまで、ついてきてくださったのだという。一部始終を聞いて、地域の方の温かいサポートを心からありがたいと思うと同時に、いったい、この子はどうしちゃったんだろうか、おとうさんがいなくなったら、たががはずれて、何をしても怒られないと勘違いしてしまったのか。この暴走がずっと続くのだろうか？　……と頭を抱えてしまった。

　やがて、私より遅れて帰ってきた息子が妹の働いた悪事を知ると、激怒して千鶴をものすごい勢いでしかりつけた。母が思わず止めにはいるほど息子が激高したのは、今後の私にかかってくる負担を思いやってくれてのことだったのだろう、彼も抑え役の父親がいなくなった家庭でそれなりに役割を果たそうとしているようだった。兄がそこまで強いメッセージをぶつけてきたのが千鶴にとっても初めてだったからだろうか、息子の思いは伝わったらしく、「おとうさんからは怒られなくなってもやっぱりだめなことはだめなんだ」と自分の勘違いに気づいたらしく、突拍子もない行動はとりあえずそこで収まったのだった。

◆事故の顛末と息子の思い

　夫が巻き込まれた事故の全容は、事故の翌日、夫の上司が持ってきてくれたニュースのコピーを読んで初めて知った。飲酒運転の車が首都高羽田トンネルの入り口で、別のタクシーのドアミラーに接触し、追跡を逃れるためにトンネル内を暴走した果てに夫の乗っていたタクシーに追突したのだった。タクシーは横転し、トンネルの壁に激突した。事故が起きたのは二〇日の午前一時三五分。私が「無事ですか？」とメールを打った一時五〇分には、夫はもう携帯電話を手にすることはできなくなっていたのだ。

◆二〇〇六年七月三〇日（日）　シャツを洗う

四日前に警察から引き取ってきた、血に染まったシャツを洗った。しみは完全にはとれないけれど、七月の光と風に一日中あてられて、事故のときの夫の苦痛も浄化されたと思う。真夜中のトンネルの中の事故だったから……。

最期の瞬間の夫に一番近づけるものとして、洗わないでこのままにしておきたいと、返してもらってからずっと思っていたのだけど、昨夜ふっと気持ちが動いて、解放してあげなくてはと感じたのだった。ハンガーにかけたとき、襟のところがひらひらと細かく揺れて、何か答えてくれたような気がした。

◆二〇〇六年八月一日（火）　息子の号泣

反発ばかりして、ろくに話もしなかった父親が突然亡くなって、息子は、ものすごく泣いた。あんなに嫌っていたくせに……と私は内心意外に思ったほどだった。たぶん、父親の思いをわかろうとしなかったことへの懺悔の涙でもあると思う。

そして、今まで知らなかった父親の生きざまを、葬式に訪れてくれたたくさんの人たちの悲しみから感じることができて、初めて、彼の息子であることを誇りに思えたようだった。息子が、これを機会に、変わってくれると信じていたのだが……。昼まで寝て、だらだらした生活は相変わらず、山のような雑事に追われている私を手伝おうとか思いつきもしないようで、父親の親友が、親身になってアドバイスしてくれることも素直に聞こうとせず……。とうとう、おととい、私はキレた。

自分のことしか考えていない甘ちゃんだってことに、お父さんが死んでもまだ気づかない！と決めつけたら、ショックだったようで、号泣してしまった。でも、私は言いすぎだとは思わなかった。今が、肝心なときだ。一人前の男になれるかどうかの瀬戸際だ。私が言わなくてはもう誰も言ってくれる人はいないのだから。そのまま沈んでいたけれど、夜になって、「おばあちゃんち行っていい？」と言い出した。もともと、息子は、ひとりだけ遅れて、一日に福岡に行くことになっていて、航空券はそのままになっていたのだった。

彼なりに、何か、変わるきっかけがほしいんだろうな。父親が取ってくれたチケットを無駄にしたくないという思いもあったようだ。

というわけで、今、息子は福岡にいます。

八月になってから、被害者遺族の事情聴取に警察の方が家まで来られた。普通ならこちらから出向くところらしいが、うちの事情を話して来てもらったのだ。午前中に聞き取りをし、清書したものをまた確認してもらいに来ますということで、いったん我が家を辞された。その間に私たちも昼食をすませたのだが、食後に息子が急に、加害者に手紙を持って行ってもらいたいから便箋をちょうだいと言い出し、ごく短い間に次のような手紙を書き上げた。

被疑者＊＊＊氏に対する私の思い

事故の後、なるべくあなたのことを考えないようにしてきました。父はただ〝死んでしまった〟ということにしておきたかったのです。赤の他人の自分勝手な暴走に巻き込まれて理不尽に殺されてしまった。だなんて考えたくもありません。父はいつも周囲の人に気を遣う人だったので、あなたが起こした事故で人生を終えてしまったことは父の人生を汚されたような気がしてなりません。

でもいつまでも怒っていても仕方ないので今は父の代わりに家族にできることだけを考えていこうと思っています。あなたがこの事故のことをどう思っているのかは知りません。反省しているのか、自分のことを考えているのか……それはわかりません。ただ一つだけお願いがあります。

事故で死んでしまった赤の他人の父のこと、息子に突然先立たれた祖父母のこと、20年以上も二人で生きてきた母のこと、僕のこと、妹のこと、父がお世話になった多くの友人達のこと、を考えて欲しいのです。

ただそれだけです。

あなたにとっては単なる事故かもしれませんが、父や僕たち全員にとってはこれからあるはずの未来をめちゃくちゃに壊された思いがするのです。僕がどんなにいろんな言葉を使ってもそれは伝わらないと思います。あなたがどんな額の賠償金を払っても、どんなに重い刑罰を受けても、あなたの心が何も感じていないのなら、僕個人としては解決したことになりません。外からの力ではなく、あなたが心からの責任を感じてもらえれば、僕は少しは救われるのです。

父と僕のことを知ってほしいので少し書いてみます。

僕が小さかった頃、父はよく外へ連れ出してくれました。スイミングスクールに行くときは二人で自転車に乗ったり、一緒に富士山に登ったり、運動会で僕がリレーの選手になったときは、仕事で疲れているのに朝から自主練習につきあってくれたりしました。けれど、どの思い出も父から誘ってくれたものでした。

父の明るくて行動的な性格に対し、僕は内向的で自分のことしか考えてこなかったので、何となくかみあわず、僕が合わせてばかりのような気がして、いつもわだかまりを感じていました。次第に父との関係は疎遠になっていき、去年と今年大きな口げんかもしました。親は僕のことなんて何もわかってない、と言って、どんどん心の距離が遠ざかっていきました。そんなときに父が突然なくなったのです。電話で父の死をきいたとき、僕は大声で泣き叫びました。「お父さん、ごめん。」と何回も叫びました。今まで父に接してきた態度をすごく悔やみました。何もできなかった、何の親孝行もできなかった。いろいろな後悔が胸の底から湧き上がりました。

僕が一番悲しかったのは親子関係が最悪のままで別れてしまったことです。父と最後まで仲良くなれなかったのは僕が悪いのですが、もし、父の死が近いことを知っていれば、もっと優しくなれた気がします。死んでしまってから考えても遅いのですが。

もしあなたがあの日、お酒を飲んだ後車を運転しなければ、もしドアミラーをぶつけたときあなたが逃げずにいれば、僕はどのくらいのことを父にしてあげられたのだろう、そんなことばかり考えてしまいます。

でも本当に僕以上に悲しい思いをしているのは母や父の弟や両親です。どうかその人たちの思いを考えてみてください。そして父に人生を奪ったことを謝ってください。

自分のしたことを無視するのが一番の罪だと思います。

人を殺したという過去をしっかりと背負って生きてください。

息子の手紙は加害者の元に届けられ、二回目の公判の時に、検察官によって読み上げられた。

加害者は事故当時五二歳、会社の社長ということだった。同乗していた女性の供述によると一緒にお酒を飲んだ後車で送ってもらうのはしょっちゅうだったそうだ。裁判では事故当夜の加害者の行動も明らかにされた。寿司屋やバーを何軒も梯子し、財布に二〇〇万円はいっていると豪語しながら遊んでいたそうだが、任意保険（自動車保険）にははいっていなかったのである。「あなたね、そのお金で保険にはいれるじゃありませんか！」と娘みたいな年の検察官にやりこめられて、言葉もなくうなだれていた。

加害者が保険に加入していなかったため、私たちの今後の生活について周りの人たちにずいぶん心配をかけたのだが、幸い、遺族年金のほかに障害児の保護者を対象にした特別児童扶養手当が支給されることになり、退職金や自分たちで掛けていた生命保険もあったので、私が仕事を見つけなくてもそれまでの生活を続けることができた。夫の死という人生最大の危機に直面して、本当は立っているのもやっとだったから、私が常時千鶴に付き添わざるをえない状況の中で、生活を変えたり生活費の心配をしたりする必要もなかったことは、心底ありがたかった。

◆娘の思い

父親の死をきっかけに、混乱のあまり暴走しかけた千鶴だったが、兄に喝をいれられたおかげで何とか落ち着くことができた。彼女が父親の突然の死に直面して、私たちと同じような悲しみ方をしなかったのは確かだが、それはしかたのないことであり、そのことを嘆く必要もないし、夫もよくわかってくれているはずだ。亡くなった直後の騒動や、あわただしい人の出入り、家具の配置が変えられて、祭壇が設置され、またしばらくすると仏壇が運び込まれるなどという苦手な環境の変化なども、千鶴なりにがんばって受け入れてくれたと思う。

◆二〇〇六年八月二九日（火）　夏の終わり

夫が突然亡くなって、一カ月が過ぎた。今でも、悪い夢を見つづけているような自分がいる一方、本当の自分ではない自分が現実の生活をこなしてくれているみたいな不思議な感覚で、この夏は過ぎていった。

事故の前後の嵐のような日々のことは、何もかもすっかり落ち着いてから、じっくり腰をすえて書くつもり。心配してブログをのぞいてくださっている方もいるかもしれないので、そろそろ、少しずつ、近況を書いていこう。

おにいの前では、極力涙を見せないようにしているけれど、ちづるとふたりだと、つい気持ちがゆるんで、ご飯を食べながら、ぼろぼろ泣いてしまうことがある。すると、ちーは、ティッシュの箱を持ってきて、私にティッシュを渡してくれるのだ。

「パパ、ちーがティッシュ取ってくれたー」と夫に話しかけると、また、余計に泣けてきてしまうのだけど。

この夏、ちづるは初めて、日記をつけていた。夫が死んだ二日ほど後の日記。

「神さまいった。（神さまのところに行った）」と書いてあった。

◆二〇〇六年九月一一日（月）　おとうさんの匂い

二日に、霊園にて、納骨と四十九日の法要をすませた。ちづるにも喪服を着せて、何とか連れて行った。帰りのタクシーの中で、おにいと、「思っていた以上にひどかったね……」と嘆息したほど、ちづるのふるまいは惨憺たるものだったけど（お経にあわせて、唱和するだろうと思っていたが、やっぱりやった）、「ちーに、骨壷にはいっているおとうさんの遺骨と、骨壷をお墓に納めるところを見せる」という目的は果たすことができたので、いいのだ。

そして、今日、突然外に行く身支度をして、「CD、くま、車取りに行く」という。マンションの駐車場に置いてある車にはいっている、くまのマスコットと、CDを取りに行くというのだ。

駐車場から車に乗れなくなってから、二年くらいたつ。ちーを車に乗せるときは、正面出入り口でなく、別の出入り口で待っていて、夫に車をそこにつけてもらっていた。うちからずいぶん離れた所でしか乗れなかった時期も長かった。

私は運転しないので、おとうさんがいなくなった今、車を動かせる人がいないから、駐車場に行くしかないと、ちーは思ったんだろうか。

スタスタと、何の抵抗もなく、駐車場まで歩いて行き、ドアを開けてあげると、さっと乗り込んで、言った。

「おとうさんの匂い」

私も、事故の直後、車検証と保険証書を取りに来て以来、車内にはいるのは、久しぶりだったのだけど、確かに、夫と毎週みたいにでかけていたころと同じ気配と匂いに満ちていた。

そうか、ちづるにとって、この匂いはおとうさんの匂いなのねと、思った。

はっきり言って、ちづるにとって、おとうさんは、大好きな人というよりも、しゃらくさいやつという感じだったと思う。自分のわがままを頑として聞いてくれない人、怒ってばかりいる人だったと思う。私がちーに言うことを聞かせられないので、夫は自分が最後の砦とばかり、がんばっていたところもあると思うけど、私はもうちょっと、ちづるの気持ちもくんでくれないかなあと感じることもよくあった。

でも、ちづるが「おとうさんの匂い」といったとき、その懐かしそうな口調に、今、ちづるの心の中にある父親への想いを感じとることができた。いたわる気持ち、慕わしさみたいなものの。やっぱり、父と娘だったんだな。

◆二〇〇六年一〇月二四日（火）　新しい習慣

仏壇の前に座って、おとうさんに線香をあげるのを、ちづるは自発的にやる。毎日とか、決まった時間に……というのではない。自閉症の人は、日課にすると必ず毎日やらないと気がすまなくなることが多いけど、そういう感じではなく、ただ、自分の気がむいたときに、「おかあさん、ろうそく」（ろうそくに灯をつけて）と言ってくる。

洋間向きの仏壇なので、ちょっと位置が高くて座高の低いちーには拝みづらいのを、自ら座布団を二枚重ねるという工夫をして、線香も何度も教えたら、ちゃんと半分に折って寝かせることもできるようになり（浄土真宗のやりかた）、元気よく、ちーんと鈴《りん》を鳴らしたら、手を合わせて、「おとうさん！」と言っている。そのあとに、だいたい、「●●（テレビの番組名）見ます！」とか、「明日、学校行きます！」とか、自分がやる予定のことを声高らかに宣言している。

ちづるが、亡くなった父親とこんなふうにコンタクトを取りつづけるというのが、とても意外で、不思議で、でも、おかげで、夫がいつでもリビングにいてくれるような気持ちになれる。

夫が亡くなってから数カ月たって、パソコンが壊れた。千鶴の大事なデータが失われてしまって、それはそれは大変なことになった。これまでの人生、探し物はたいてい私が見つけ出してやってきたものだから、今度も何とかしてくれると思い込んで一日中私にまとわりつき、あきらめるのに一〇日くらいかかっただろうか。私も神経が参ってしまいそうだった。

それからしばらくして、千鶴が「おとうさんは?」と聞いてきたのだった。「おとうさんは死んじゃったよ」と答えると、「帰ってくる?」と重ねて聞いてくる。「帰ってこないよ」。するとしばらく考えて「写真は?」(消えてしまったパソコンのデータのこと)「もう消えちゃったね。……おとうさんと一緒だね」と私が答えると、見る見る泣き顔になった。そして「さびしい」といって声を上げて泣き出したのだ。「さびしい」という言葉を千鶴が自分から使ったのも、父親のことで泣いたのも初めてだった。背中をさすって

墓前で夫の四十九日と納骨の法要。千鶴も、ふざけたりうろうろしたりしながらも、何とか焼香をすませることができた。

やりながら、この子は本当は父親が死んだことがちゃんとはわかっていなかったのかもしれないと、自分のうかつさに気づく。おとうさんの骨だよといって骨壷の中を見せたからといって、千鶴がそれをどんなふうに解釈したかはわからないのだ。永遠に会えないという絶望感を、パソコンのデータを失った経験によって初めて実感できて、それが死をはっきりとイメージすることにつながったのか……千鶴に説明してもらわない限りは謎のままだけど、この時、千鶴と一緒に夫を偲んで泣くことができたことで私は本当に癒されたのだった。

しかし、千鶴が父親の死について悲しみを訴えたのは、あとにもさきにもこの一回限り。あれは何かの間違いだったのかしらと思えてしまうほど、今はドライである。たとえば、「おとうさんの誕生日はいつだっけ?」と尋ねると、覚えているくせに「死んじゃった」としか答えようとしない。千鶴にしてみれば、今のおとうさんは誕生日云々を答えるべき対象ではない。そのへんはきっちり分けずにいられないのが、彼女のとても自閉症らしい部分なのである。

◎その後の千鶴

◆回復への道のり

中学部の卒業式の日、布団の中から手だけ出して卒業証書を受け取ったあたりが、千鶴のパニック障害のどん底だったらしく、高等部への入学をきっかけに、公共交通機関は使えず、校長室か職員室で過ごすことがほとんどではあるにせよ、月に一回くらいのペースで学校に通えるようになっていった。行きつ戻りつではあるが、少しずつ、以前の活動レベルへと回復していった過程を、当時のブログも引用しながら書いてみることにする。

◆高校二年生

このころ困っていたのは、私と一緒に店で買い物をしても、レジで支払いをする間にその場で待っていられないということだった。建物の中に長くとどまっていることが耐えられないのだった。あっという間に店の外に飛び出して、落ち着いてじっとしていられるスポットを探してうろうろさまようので、そのたびに、私はあせりまくって探しまわることになる。

二学期が始まって間もないころのこと。学校の帰りに、千鶴にせがまれて文房具を買っていると、その間にまたもやいなくなった。しかし、出先ではぐれても、千鶴が一足先に帰って家のドアの前で待っていたことが何度かあったので、それほど悲観しないで、急いで家に戻ってみた。……しかし、いない。とにかく、荷物を置くために家の中にはいると、学校から、留守電がはいっていた。なんと、千鶴が警察に保護されていると連絡があったという。

ついに、警察のお世話になってしまった！　警察に捜索願を出したことは、今まで、二回あったのだけど、二回とも自力で家に帰りつくことができ、警察の方に直接確保されたことは、今までなかったのだ。

何をやらかした？　と、内心ドキドキしながら、引き取りに行くと、若いおまわりさんが、「あ、ちづるちゃんのお母さんですか？」とさわやかな笑顔で迎えてくれた。私とはぐれてからわりとすぐに近くのお店にはいってうろうろしていたところ、たまたま居合わせたパトロール中の警察官が、迷子だと感じて話しかけ、パトカーに乗せて連れてきてくれたとのこと。

「お店で何をしたってわけじゃないですから、挨拶とかおわびとか、行かなくていいですよ」と言ってくれたので、ありがたくその言葉をそのまま信じることにした。

「パトカーに素直に乗ったんでしょうか？」と尋ねると、「飛び乗りました」とニコニコしながら答えられたので、驚いた。いつもは知り合いの車にだって、絶対に乗ろうとしないのに！

「二階にいます」と連れて行ってくれた広い部屋で、千鶴は別のおまわりさんに相手をしてもらっていた。ちゃんと座って、すっかりくつろいだ雰囲気。私を見つけると、うれしそうに走り寄ってきて、私の携帯を取り上げ、（おまわりさんたちの）「写真撮る！」と騒ぐので、お願いして撮らせてもらった。片方のおまわりさんが神奈川県警というステッカーを胸に貼っていたので、それを名札だと思ったらしく、「神奈川さ〜ん」と呼びかけたりしてご機嫌であった。彼女にとって、初めて警察に保護されたことは、たぶん、とても面白い経験になってしまったのだけれど、この時、怖い思いや嫌な思いをしないですんだことはありがたかった。また少し、外の世界へのハードルが下がるきっかけになったのではないかと思う。

それからひと月たったころ、久しぶりに歯医者にも行くことができた。障害児に歯の治療を受けさせるのはとても大変なので、虫歯や歯周病にさせないために、いつも万全のケアをする必要があるのに、千鶴はもう五年も健診すら受けていなかった。私に歯磨きの仕上げを素直にやらせるわけでもないので、千鶴の歯がいったいどういう状態になっているのか心配でしかたなかったのだけど、無理やりひきずっていくこともできないでいた。ところが、急に自分から歯医者に行くと言い出したのだ。永久歯が生えかかっている所が気になっているのと、歯並びが悪い所に、いつも口内炎ができるので、元凶となっている歯を「抜く」と言う。もちろん健康な歯を抜くことなんてできないだろうけど、とにかく先生に聞いてみようねと話して、連れて行った。

張り切りすぎて、順番が来る前に診察室に走りこんで、居座ってしまったのには、困ったけれど、ちゃんと、先生に診てもらうことができた。結果は、特に治療の必要はないということで、本当にほっとした。虫歯はないが歯茎が赤くはれているので、マッサージしてフッ素を塗りましょうという指導だけで無事終了。千鶴は、総入れ歯にするくらいの覚悟と勢いで行ったので、ちょっと拍子抜けした様子だった。

このあたりまでは調子よかったのが、この後、再び調子を崩してしまう。四年ぶりくらいに学習発表会に参加して、段取りもわからないまま勢いで舞台の袖に上がり、出番が待てなくて暴れて、友達をたたいてしまったのだ。それが尾を引いて、二学期の終業式には学校で久々の大パニックを起こし、それ以来また三カ月ほど学校に行けなくなってしまった。私としては、もうこの時点では学校に行かせることには、ほとんどこだわっていなくて、千鶴が行きたくないなら、もうやめてもいいと思っていたのだけど、本人は高三の春の修学旅行に行くつもりは満々で、やめる気は毛頭ないようだった。

◆高校三年生

千鶴にとって、この年の最大のお楽しみでもあり、大きな課題でもあった沖縄への修学旅行。けれども、千鶴は前年から調子が悪くて、また何カ月も学校に行けなくなっていた。貴重な事前学習になるはずだった羽田空港への遠足もパスしてしまったし、行かせてもいいものかどうか、主治医の内山先生も心配していたし、直前まで本当に悩んだ。しかし、四月になってすっと学校に行けた日があり、その帰りには久々に路線バスに乗ったりということが問題なくできたので、大丈夫だろうという見通しがやっともてて、思い切って行かせることにした。

行くとなれば、万全を期さなければ……ということで、私が代わりに当日の交通機関を使って空港に行き、各ポイントで写真を撮って、下見に行かれた先生の写真も頂戴して、千鶴専用の写真入りのスケジュール表を作成。先生にも直前にチェックしてもらって、スケジュールの細かい変更なども書き込んで、千鶴に渡す。空港でのボディチェックが一番心配なところで、特に、肌身離さず持っているマスコットを手荷物と一緒にいったん検査のために預けることができるかなと思っていたのだが、それはそういう事情なら手放さなくてもOKということを、空港のセキュリティの職員さんにも確認できたので、安心した。

当日は、イベントの日はうんと早起きする千鶴にしては珍しく、なかなか起きられなくてギリギリの出発になってしまった。タクシーにはずっと家の前で待機してもらって、集合場所である鶴見駅に間に合わない場合は、直接空港に行ってくれるように頼んでおいたのだけれど、何とか、鶴見駅集合に間に合った。

先生にお願いした後、三〇分くらい時間をずらして、私も空港へ。もし、そこで何事か起きて、飛行機に乗れなかったら、引き取って帰らなくてはいけないからだ！（そんな悪夢のような状況、想像もしたくなかったが）でも、私が着いた時には、ご一行様は、無事、搭乗口に移動した後で、やはり心配で見に来ていた同級生のおかあさんに、「ちーちゃん、手を振って、はいって行ったよ」と聞き、ほっとしたのだった。

二日後、ほんのり日焼けして、お土産を予算オーバーで買って（全部自分のもの）、ハイテンションで帰ってきた。沖縄で何やった？と尋ねると、「踊り子！」と一言。地元の方と、エイサーを踊ったのが、一番印象的だったようである。ちょっと意外だった。ちょこちょこトラブルはあったようだけど、飛行機の出発を遅らせたり、引き返させたり、という一番恐れていたことをやらなかっただけで、今回は上出来！　と思うことにした。

修学旅行に行って楽しむことができたのは、本人にとっても大きな自信につながったのではないかと思う。そして、このころ、うちにいるときの千鶴にも大きな変化があった。

◆二〇〇七年八月二〇日（月）ついに和室をひきはらう

一周忌と初盆の法要を、自宅のリビングでやることに決めた後で、住職に来てもらう時間に、ちづるが観たい番組があることがわかった。本人もそれをとても気にするので、苦肉の策で、リビングの隣の、ちづるの居城である和室に期間限定でテレビを移すことにしたのだ。音は多少聞こえるかもしれないけど、ふすまを閉めてしまえば、そんなに気にならないだろうし。

命日からしばらくはお客様も多かったけれど、ちづるは気にせず、いつもどおりに過ごすことができたし、お花もたくさんいただいたのを、テレビを移動したおかげでそれを飾る場所も確保できてよかったのだが、あまりに快適な環境なので、九月になっても（一応、九月になったら、元に戻すという約束だった）戻さないと言い出すかもな～と危惧していた。

でも、毎日観ていた「アルプスの少女ハイジ」が終わった一〇日ほど前、「今日、テレビをリビングに戻す！」と言い出し、ついでに、もともと和室に置いていたパソコンもリビングに移すというのだ。

テレビとパソコンがあるすぐそばで寝ているという環境は、健康にもよくないよなあと心配していたので、「ＯＫ！」とパソコンも移動。やはり、自閉症のこだわりで、一度セットにしたものはばらしたくないんだろうと考えたが。

なんと、ちづるは、自分もセットになって、和室から出てきたのだ。

引きこもり状態になって以来、和室は、ずっとちづるが落ち着いていられる唯一の場所で、自分の大事なものは何もかも持ち込み、常にリビングとの間のふすまを締め切って、自分の世界を確保してきた。万年床状態を気にしながらも、ちづるが安定できるならと放置していて、ここで残りの人生を過ごすのか？　と思っていたくらいなのに、あっさりと。

でも、もう、和室には寝ないという。最近、ちづるがこだわっていたせんべい布団をやっと処分して、低反発のキティ柄のお布団を奮発して購入したばかりなのに、「キティちゃんのお布団、だいっきらい！」（近ごろ、だいっきらい！　と頻繁に口にする、私がそんなに口走っていたのかなあ……？）と押し入れにしまいこみ。

で、どこで寝ているかというと、リビングのソファだったり、私の寝室のクローゼットの中

（！）だったり、まだ定まっていない。クローゼットの中は、さすがに暑いので、だいたい、夜中や明け方に、寝ぼけながら、「暑い！」と飛び出してきて、ベッドに移動してくることが多いけど。

いまのとこ、様子見である。

三年ぶりに桜木町のオーバのアトリエに行けたのもこのころ。最後に行った時は帰りはタクシーにも乗れず、二時間以上かけて歩いて帰って来たのだった。そのときの記憶にやっと打ち勝ったのか、千鶴はオーバに行って、ランドマークプラザのマックで昼ごはん食べて、ワールドポーターズで買い物して……とやりたいことをリストアップして、「行く」と宣言する。でも、ずいぶんよくなってきたといっても、まだまだ人ごみの中での緊張度が高い今の状態では私がトイレに行っている間に千鶴とはぐれたりする可能性があり、もうひとり誰かについてきてほしいところだった。が、千鶴は、私以外の人がついてくる外出には慣れていないので、「おかあさんとふたり」で行くと譲らない。そこで、彼女には気づかれないようにこっそりと、友人についてきてもらい、みなとみらいにいる間、私たち親子からつかず離れず、見守ってもらったのだった。

この時、見守ってくれた友人というのは、千鶴が養護学校の小学部に入学した時の最初の担任で、千鶴が大好きだった江田先生という方である。今は教職を離れて音楽療法の仕事についていて、この時期から、ときどき、家のほうにも私たち親子の様子を見に来てくださっていたのである。「江田先生、来ないで！」と千鶴が拒否しているのに、「こっそりついてきて、絶対見つからないように！」なんて、失礼なお願いができるのも、小さいころから千鶴をよく知っていて可愛がってくれていた江田先生だからこそ。

このあとも、先生にはいろいろな無理難題を聞いてもらった。千鶴がディズニーランドに行きたいと言えば、ご夫婦で車で連れて行ってくださり、プールに行きたいと言えば、私の代わりに水着になって付き添ってくださり、ガイドヘルパーを使えなかった我が家はまさに困ったときの江田先生頼みで夫亡き後の数年間を乗り切ってきた感がある。

この時期は学校に行ける回数も増えてきて、調子が上向きなのがはっきりと感じられた。

◆二〇〇七年九月二七日（木）　今日も登校

何だか、学校に通ってるみたい？　本当は火曜日も水曜日も行くつもりだったけど、起きられなかったのだ。

学校からの帰り道。ちづるが、「学校。お手伝いする」と言う。何のことかわからず、お手伝いするの？　と聞き返すと、「赤崎先生」と言う。やりとりするうちに、来年の春、卒業しても、自分は先生になって養護学校に残るという意味だとわかった。ぷぷぷ～。「え～、ちーちゃんが先生になるの？」とあきれた声を出してみせると、さすがにやっぱりそれはムリだと思ったのか、「給食」と言って、帽子をかぶるジェスチャーをする。給食のおばさんならできると思ったのか。失礼だぞ～。

一生懸命学校に残る方法を考えたところは、ちづるにしてはすごいことなのだけど。でも、ほぼ四年間、学校を拒んできたくせに、何で、今になって、そんなにいきなり学校好きになっちゃうの～？　それがびっくりだ。ほんと、謎。

◆二〇〇七年九月二九日（土）　器物損壊

昨日もちづるは登校。ものすごく暑かったので登下校はかなり過酷だった。帰り道、ちづるの意向で、思いっきり寄り道して買い物して、さすがに本人も疲れ果て、もうすぐ我が家というあたりで「とおい……」というようなことを彼女なりに愚痴る。わざわざユニクロに寄り道したりするからでしょーと、言ってみたら、何となく納得した模様。反省したか？

おまけに、よそさまのお宅の玄関先に置いてあった羊の焼き物（？）を買い物袋で払いのけて壊しちゃった。いつもそこで立ち止まってじーっと眺めてたので、何か気になってるってことはわかっていたのだけど、まさか壊すとは！　気に入ってるんだろうと思っていたのが甘かった。どういうつもりなのだろうか。これは新たな課題だなあ。

そのまま走り去ろうとするのを厳しく引き止めて、インターホンで、「娘がさわっていて壊しちゃった（すこうし事実とはニュアンスが違うけど……）ので弁償させてください」と伝えたら、いいです、そのままにしといてくださいという、若いおかあさんらしい人の寛大なお返事。ちづるにもインターホンを通じて謝らせたけど、話し方は幼稚園児みたいだから、まさか、身長が一六〇センチもある「娘」とは思わなかっただろうなあ。

こういうトラブルもあり、二日連続登校の体の疲れもありで、昨日はさすがにぐったり。今朝は寝坊したので、だいぶん疲れもとれた。この一年、毎日が休日みたいな生活だったから、この「週末ののんびり感」が、ちょっと新鮮。

学校に行っても、校長室か職員室で過ごすことが多かったのが、このころから、お弁当持ちで（給食はずっと拒否していて、牛乳だけもらっていた）出かけ、ちゃんと教室にもはいって、課題にも取り組めるようになっていった。もちろん、完全に日課に乗れているわけではなく、暑いとすぐ保健室に逃亡するし、はいれない部屋もあった。いつもみんなより三〇分くらい早めに帰りの支度をして校門近くで私を待っていた。相変わらず先生にはマンツーマンでついてもらっているのだが、そうだとしても、やっぱり、すごい変化だった。以前のように普通にお店にもはいれるようになり、お金を払って品物を受け取るまで落ち着いて私のそばで待てるようになったの

で、買い物もできる。千鶴の中の何かが変わってきているようだった。

ただ、このころは私のほうが、パニック障害が一番ひどかったときのトラウマに縛られていて、外で千鶴と行動するときはまだまだおっかなびっくりだった。このまま、毎日通学するようになれば、今までみたいに、VIP待遇はしてもらえないだろうけど、千鶴にその覚悟があるとは思えず、あまり無理しないほうがいいのになあと、正直言って、私としては少々及び腰でもあった。

◆二〇〇七年一〇月一四日（日）　久々の外食

今朝、ちづるは起きるなり、「ジョナサンでスープ飲む！」となぜだかわからないけど、怒りモード。こんなに不機嫌な状態で外に連れて行きたくないから、「日曜日は混んでるから、明日にしようよ」と提案してみたけど、「やだ！　一四日！」と言いはり、そのうち、顔も穏やかになってきたので、じゃあ挑戦してみようかと、おにいにも一緒に来てもらうことにして、徒歩一〇分くらいの所にある、ジョナサンへ向かった。

レストランで家族で食事をするのは、実に四年ぶりくらい。引きこもりになってからは、そういうことが一切できなくなっていて、夫の両親に誘われても、夫とおにいにだけ行ってもらっていた。

でも、今日は、案内してもらった席じゃなくて、一番奥の空いてる席に座らせてはもらったけど、それも余裕がある感じ、ダメならダメでも大丈夫そうだったし、すごくうれしそうに自分で選んだ、パスタとスープとデザートをたいらげ、レジでも私を待てたし、まったく問題なく、外食を楽しむことができた。

買い物、外食と、ちづるは少しずつ社会復帰している模様。

しかし、パニック障害のほうは順調に回復しているように思えたこの時期、千鶴はとんでもないことをしでかした。

◆二〇〇八年一月七日（月）　どうしたものか……

二日前のことだけど、夕方過ぎてから娘に留守番させて、一時間ほどで帰ってくると、寝室に置いてあるテレビ（液晶一五ｖ型）がなくなっている。テレビ、どうしたのっと詰問すると、「ベランダ」とすまして答える。ベランダから投げ捨てていたのだ！

うちは三階で、玄関ホールの上にあり、その下は、集会室なので、ベランダの下は、普段は人が通ることはない所だけど、管理人さんはお掃除のために通ることがある。見たことないけど、マンションの住人だって、通ることがあるかもしれない。悪い条件が重なれば、誰かに大怪我を負わせたり、もしかしたら死なせることだってあるかもしれない。

懐中電灯を持って拾いに行く。バラバラになっていると思いきや、足の部分と、画面の角の部分が破損しているだけで、案外こわれてなかったけど、やっぱり、もう、映らない。

テレビを壊したということよりも、そんな重いものをベランダから落としたということに、激しく動揺して、私は娘をかなり感情的に怒ってしまった。でも、たぶん、どんなにあぶないか、どうしてやってはいけないか、どこまで理解できたか……。今は理解できたとしても、また、感情が高ぶったら、私に言い聞かされたことなんて、パーっと、どこかに飛んでいってしまって、やってしまうかもしれないのだ。

はぁ～、しばらくは目が離せないなあ。管理人さんにも言っておかなくちゃ。

なぜ、テレビを捨てたかということも、わざわざベランダから捨てたかということも、私なりに、察しはついている。傍から見たら、とんでもない行動だけど、娘には独自の事情があって、決してそれを曲げる気がないからなのだ。そのへんをどう、理解し、折り合っていくかなんだよなあ。

◆二〇〇八年一月八日（火）　善後策

ベランダショックから三日経ち。ない知恵をあれこれ絞って、とりあえず、フェンスの手前にミニ温室やプランターラック、大きな鉢を隙間なく並べ、やすやすとは捨てられないようにしてみた。四箇所ある出入り口のうち二箇所の、外側からのつっかい棒が役に立つところには、使ってない傘を固定して。しばらくは、昼間に留守番させることは避けて、管理人さんや子どもがうろうろしなくなる夜になってから、急いで買い物に行くことにした。

今までにも、ベランダからモノを捨てたことは何度かあったのだ。私が買ってきたお菓子が気に入らなかったときとか、あと、探しても見つからなかったんだけど、アニメのDVDも捨てたと、あとから自己申告してきたこともあった。そのたびに、必死にしかって、「ベランダからすてない」とカードに書いて、目につく所に貼ったり、ぐらいはやってたのだけど、まさか、テレビみたいなものを捨てようと思いつくとは、考えていなかった。

いや、そんなこと、考えたくなかっただけなのかもしれない。ありえる、やりかねないと、心の底ではわかっていたような気もする。

ちょっと前、ご近所の見知らぬお宅の玄関の置き物を壊したとき、あ、こいつはこういうことをやるタイプだったんだと（そういうことはやらないタイプの人も自閉症にはいっぱいいます）、思い知らされ、すごくショックだったのに、喉元過ぎれば熱さ忘れるもので……。というより、真面目に向き合うのがイヤだった。あんまり落ち込む精神状態を作りたくなかったのだ。

でも、こんなあぶないことやらかしたのに、幸い怪我人はいなかったということを、落ち込む要因ではなく、これから娘が引き起こすかもしれなかった惨事を防いでくれた出来事と受け止めて、これから、生かさなくちゃなあと思っている。

◆二〇〇八年二月六日（水）　また投げた。

昨夜のこと。今度はＨＤＤ。あ〜〜〜、対処がまだまだ甘かった。今回も幸い、人様への被害はなしだったけど……。雨の中、防犯用のライトの光を頼りに、ふたりで拾いに行く……。しばらく立ち直れず。娘に対して、どうしても平常心で向き合えず、険悪なムードが続く。最悪のことばかり想像してしまって。

今日は、少しだけ気分が持ち直し、友人のススメで、内側から鍵をかけるタイプの防犯グッズを、楽天で注文する。前回は、そこまでしなくてはいけないとは、頭が回らなかった。というか、まさか、あれだけ怒って、言って聞かせたんだから、いくらなんでも同じようなものはもう投げないよね？　と「こちらの世界の常識」をあてはめていたのだ。

私と息子がＨＤＤで録画した番組を観るのも、ＤＶＤを観るのもいやがっていたのはわかっていたのだけど、チャンネル権は完全に渡してるんだからだから、それくらいは我慢してよねと、こちらとしては、めいっぱい譲歩してるつもりだった。

娘がリビングにいるときは、なるべく、観ないようにしてたのだけど、おととい、気分が安定しているようだったので、ちょっとだけ強引にお願いして、娘がリビングでパソコンで遊んでいるときに、録画しておいた番組を観てしまったのだ。でも、そのときは、まったく抵抗しなかったので、（自分が観てない番組がついているのも）だんだん平気になってきたのだなとほっとしていたのだが。いやだったんだな〜、本当は。

娘が今、すごくピリピリしてて、制御がきかなくなってる状態だって、しっかり把握できてなかった。って、いつもあとからわかるのだが。

まだちょっと出口が見えてこない。しばらく、試行錯誤が続きそうだ。


ショックだった。夫がいないことがつくづく心細く、ひとりで千鶴を抱えていく責任の重さにいまさらのように押しつぶされそうになってしまった。数日後、届いた鍵つきのストッパーをさっそく家中のすべての窓に取りつけて、鍵がなければ、内側からも開けられないようにして、鍵はもちろん千鶴に見つからないように注意深く隠したところで、ようやく、気持ちが落ち着いた。幸い、その後は、ベランダから何かを捨てようと試みることもなく、現在に至っている。

引きこもりからの回復とは直接関係ないこの「事件」をここに書いたのは、精神的にも安定してきたように見えても、こんなことを突然やってしまう千鶴の症状の難しさを、改めて思い知らされる出来事だったからだ。はたから見れば、とても危険な常軌を逸した行動なのだが、誰かに怪我をさせるかもしれないと想像しなさいといっても千鶴にはその力はない。とにかく自分に耐え難いストレスを与えるテレビとＨＤＤを目の前から失くしてしまいたい一心だったのだと思う。取り返しのつかない結果を招かないために、この時から、それまで以上に千鶴の行動と物事の感じ方に注意するようになった。
そして、この春、千鶴は養護学校の高等部を卒業する。

◆二〇〇八年三月一三日（木）　卒業

昨日は、娘の養護学校の卒業式だった。小学部から通った一二年間。中二から不登校になったので後半四年くらいは不規則な学校生活だったけれども、いいときもわるいときも、娘にとって、学校は「拠点」だったことは間違いない。

おかあさんは来ないで！　と言い張るの

高等部の卒業式。前髪につけた大好きなディズニープリンセスのかんざしが少々目立ちすぎだが、千鶴としては晴れの日のとっておきのおめかし。

で、私は卒業式にもそのあとの保護者も一緒のお別れ会にも出席しなかった。ちゃんと振舞えるのかとても心配だったのだけど、苦手だった体育館での式に最初から最後まで参加でき、ひとりで卒業証書も受け取ることができたそうである（ノリノリだったらしい……）。

中学部の卒業式は、家を出ることすらできない状態で、引きこもっていた自宅の和室に校長先生がはいってこられて、万年床の中から手だけ出して卒業証書を受け取ったのだった。あれを思い出すと、感無量だ。見たかったなあ。

私も、ほんとうにいろいろなことがあった一二年間だったから、やはりその場にいたら万感胸に迫り、涙がとまらなかったことだろう。懐かしい人たちがたくさんお祝いに来てくれてたみたいだし、会いたかったけど、娘が私に気を煩わせることなく式に参加できることが最優先だから、しかたない。

これから、娘と私にとって、新しい生活が始まる。がんばらなくちゃ！

◆卒業後

養護学校を卒業してすぐ、二〇〇八年四月には息子と三人で福岡に帰省した。夫が亡くなった二〇〇六年の七月、千鶴はおとうさんのことなんて、おかまいなしで予定どおり福岡に行くのだと、大騒ぎした（楽しみにしていたこととの予定変更は自閉症の人には大変難しい）。それを何とかなだめて、お正月のたびに、福岡のおじいちゃんちに行く！　とせがんでいたのを、年末のラッシュはきびしいだろうから、それも何とかあきらめさせ、卒業してから春に行こうねという約束をしていたのだ。

修学旅行で飛行機にも乗れたし、公共の交通機関にもだいぶん慣れてきている。息子も一緒なので、思い切って挑戦してみたのだけれど、それでも私たちだけで飛行機に乗せる勇気はなくて、新幹線を使った。新横浜から博多まで五時間足らず、最悪の場合、途中で降りることも覚悟していたが、トイレに一度も行こうとしないこと以外は何の問題もなかった。

久々に福岡の祖父母の家で過ごし、毎日のように車でどこかに連れて行ってもらって、千鶴はとても楽しかったようである。両親はさぞ疲れただろうと思われ、私もたいそう気疲れしたけれど、このとき、息子と三人で福岡に帰省できたことは、私たちの人生のとても大事な節目になったと思う。

卒業してからも、千鶴は家で過ごすという生活のスタイルを変えることはできそうになかった。千鶴を心配して養護学校の進路担当の先生がケースワーカーさんと訪ねてきてくれて情報をくださり、近くの活動ホームに千鶴を連れて行ってもみたが、やはり「行かない」と言う。ただ、相変わらず「在宅」ではあったが、このころはさらに外出がスムーズにできるようになっていて、都心まで電車で出かけることもあった。

◆二〇〇八年五月一日（木）　再会

小学生のときに上野で開催されていたオルセー美術館展で遭遇して以来、千鶴がずっと愛しつづけているルノワールの「陽光の中の裸婦」が、東京に来ていた。(2)

展覧会が開催されていることは知っていたけど、情報通のちづるが何も言わないので、お目当ての絵はないんだろうと思って、私は特にチェックしてなかったのだ。数日前に急に行くと言い出すので、調べてみたら、陽光の中の裸婦、あるではないか。

平日とはいえ、GW中の渋谷なんて、できれば行きたくなかったけど、六日で終わってしまうので、急遽、今日、行ってきた。

しかし、どれほど、感動するかと思いきやあっさりしたもので、どっちかというと隣で流れていた映画の中の裸婦さんに目を奪われていた。私もルノワール大好きなので、もっとじっくり見たいのがいっぱいあったのに、風のように、会場をかけめぐっただけでした……。ちづるの場合、展覧会に行く目的は、図録を買うことでもあり、そのほか、ルノワール関連商品がこれでもかというくらい、ひしめきあっていて、絵葉書に額絵にDVDに画集に……と大散財してしまった。

そうそう、今日は、PASMOに挑戦させてみたら、すぐにマスターできた。これで、切符を買う間に起こるトラブルを避けることができる♪　と思いきや、さっそく残高不足で、ゲートが開かずというへまをしでかしてしまい、結局、券売機まで行って、チャージしないといけなかった。でも、ちづるは、まったく動じず、淡々と処理を待っていて、何事もなかったように、もう一回トライしてくれた。

この年の夏、三年ぶりに障害者手帳の更新の時期が来た。三年前の更新のときは、完全に引きこもり生活のころだったので本当に大変で、夫に休暇を取ってもらってふたりがかりで何とか児童相談所まで連れて行ったのだった。今回は一八歳を過ぎているので、児童相談所ではなく、障害者更生相談所というところで判定を受けることになっていた。更生相談所は、小さいころからなじみのある横浜市総合リハビリテーションセンターの中にあり、連れて行くのには少しも苦労しなかった。そして、前回の判定の時には、連れては行ったものの、対面での検査はほとんどできなかったのに、今日は一時間みっちりの検査に、できないながらも辛抱強くつきあってくれた。

数週間して、判定結果がわかったのだが、何と障害の重さが、最重度から重度へ下がっていた。こういうことはめったにない。千鶴の障害の程度が軽くなったということではなく、前回の検査のころの状態がいかにひどかったかということだと思う。状態が落ち着いてきたという何よりの

（2）「ルノワール＋ルノワール展」東急Ｂｕｎｋａｍｕｒａザ・ミュージアムにて。

証。このままキープできればと思った。

高校二年生の秋に調子を崩してから、しばらく行けなくなっていた歯医者にも、また通い始めた。今後のことも考えて、今までかかっていた校医さんではなく、障害者専門の歯科である。

◆二〇〇九年七月一一日（土）　娘の歯医者さん

昨日は三カ月ぶりの娘の歯科検診。三年前の一〇月以来、歯医者にはずっと連れて行けないでいたんだが、今年の四月にようやく、横浜駅近くにある神奈川歯科大学の付属クリニックに併設されている障害者歯科に連れて行くことができたのだった。娘の右下の前歯三本は重なるように生えていて、真ん中の歯はかなり奥に押し込まれているため、その歯の先で舌の裏側の同じ所をよく傷つけてしまうようで、口内炎ができることが多かった。それなので、娘はその歯をずっと抜きたがっていて、四月に連れて行くことができたのも、その件で歯医者さんに相談してみようと、誘ってみたらのってきたから。

場所もヨドバシカメラの真向かいで、高島屋もすぐ近くだし、買い物好きの娘には文句のないロケーション（いいような悪いような……）。

横浜市が運営している当番制の障害者歯科がみなとみらいにもあるけど、そちらは診療時間も限られてるし、口コミ情報も少なく、娘の主治医に教えてもらったこの障害者歯科をネットで調べて、行ってみたのだ。

ここ、とってもいい。広々として、動きが荒い娘が器具にぶつかる恐れもないし、何より、先生も看護師さんも知的障害児・者を専門に治療しているから、配慮や工夫が行き届いていて、安心。ゆったりと予約をいれてあるので、ほとんど貸しきり状態。一般の患者さんに気を使わなくてもいいのがとてもありがたい。

担当医はまだ若いけど信頼できる感じの女医さん。娘もなかなか気に入って、落ち着いて診察を受けることができる。何しろ、本人は歯を抜く気満々で行ってるので、積極的だ。でも、健康な歯はやはりなるべく抜かないほうがいいので、前回は、歯の先を丸くして（かみ合わせに参加してなかったので、歯の先が磨耗してなくてとがっていたのだそう）、口の中を傷つけにくくしてもらった。

それ以来、口内炎の痛みを訴えることは減っていたのだけど、やっぱり、押し合って痛い感じはあるらしく、今日も、「抜く！」と言い張る。

何もしないではおさまりそうになかったので、押し合わないようにカバーのようなものを取りつけてもらって、何とか納得させたんだけど、どうかな～。

今回も虫歯はないそうだ。一日に一回、寝るときに自分で磨いてるだけなのだが、娘の唾液は質がよくて、虫歯になりづらいんだそうだ。おにいも以前に歯医者で虫歯菌がぜんぜんないと、珍しがられたらしい。治療してない歯はほとんどないくらい歯の質が悪い私に、ふたりとも似なくて、本当によかった。

このころから本当に千鶴の様子は変わっていく。お出かけ好き、買い物好きだった小学生のころの本性が戻ってきた。顔つきも明るくなって、楽しげな表情が増えていった。

◆二〇〇九年一〇月一八日（日）　変化

このひと月ほど、娘は毎日外に出ている。

中学二年で不登校になって、たまに外出することはあっても、基本的には一日うちに閉じこもっている生活がずっと続いていたのだから、劇的な変化といっていいかもしれない。

外に出ているといっても、作業所に通い始めたとかいうわけではなく、私とふたりで買い物に行ってるだけだから、社会復帰……みたいなことではないんだけど。

何がきっかけかわからないが、突然、娘が、これからは毎日外に行くと決めちゃった。最初のうちは、暴走気味で、歩いて二〇分足らずのトレッサや、隣の駅の東急ストアまで行って、ガチャポン連続一五回とか、おまけつきのお菓子一〇個とか、無茶な買い物をして、必ず外食をして、そんなに近いのにタクシーで帰ると言い張ることが毎日続いたので、早めに軌道修正しなくてはと（家計が破綻しますから……）、大迫力で言い聞かせた結果、遠出をしてちょっと大きな買い物をするのは、今までどおり、好きなタレントの誕生日だけ、あとの日は、あらかじめ買うものを決めてそれに足るだけのお金だけ、娘の財布にいれていき、私は財布を持っていかないということで平和にやっている。ここ数日はすぐ近くの自販機で満足してくれて、楽だったわ〜。

引きこもりという状態についてはそんなに深刻に気にしてなかったけど、太陽の光には当たったほうがいいなあと思っていたので、少しは健康的な生活になってよかった。といっても、これからだんだん寒くなるし、インフルエンザにもかかるかもしれないから、毎日外出！　にこだわられると、また大変になっちゃうのだけど……。

毎日外に出ると宣言してからは、週に一度か二度、バスや電車で少し遠出をし、日常的には毎日近所の自動販売機にジュースを買いに行くというのが、娘が決めた生活のパターンになった。外出先には、月に一度のよこはま発達クリニック、オーバのアトリエ、三カ月に一度の歯医者の予定も組み入れ、両国にあるハイジクラブ（アニメの「アルプスの少女ハイジ」のグッズのショップ）、春と秋に行く動物園、横浜そごう、ヨドバシカメラのガチャポンコーナー、新横浜の駅ビルなど、予定は全部千鶴が自分で決める。特に新横浜は歩いても三〇分くらいで行けて、ユ

ニクロ、無印良品、ロフト、三省堂書店と、千鶴の好きな店が揃っているので月に二回くらいの頻度で行っていた。

◆二〇一〇年八月一四日(土) 娘の外出

おととい、昨日と、娘と外出して、夏休みとはいえ、平日なのにえらく人が多いなあと思ったら、お盆だったんだなあ。近ごろはこういう世間様のカレンダーとはすっかり無縁の生活だ。

一二日は、新横浜の駅ビルへ。娘と外出といっても、この日は、娘は私よりも先に家を出て、(鍵をかけている間に、先に出てしまう、これはいつものこと)、私が、道に出てから、娘が左右のどっちにいったかの判断を誤ったために、さらに遅れをとり、そのすきに、最寄のバス停からひとりでバスに乗ってしまったのだ! これは初めてのこと。

新横浜駅まで、バスだと、停留所六つくらいで、とってもラクなんだけど、娘は何年もこの路線には乗れなくて、徒歩か、急ぐときはタクシーを使っていた。ひと月前ごろから、やっと、ひとつ先のバス停から乗れるようになり、つい最近、最寄のバス停から乗れるようになったばかり。もちろん、いつでも、私と一緒である。

なので、その時点では、本当にバスに乗ったのかどうかが、即判断できず、またそのあたりを、うろうろ探して、さらに時間が経過、「これは、行ってしまったな」と確信してバスに乗ったのは、娘を見失ってから三〇分以上たってからだった。

結局、娘と会えたのは、それからさらに一時間半後くらい。先日一〇年ぶりくらいに一時ケアを利用した、地域活動ホーム（横浜で各区にある、デイサービスや一時ケア、ショートステイなどを行っている施設）から、「ちづるさんがいらっしゃってます」と携帯に連絡があったのだ。

ちゃっかり、ひとりで駅ビルに到着し、私にうるさく干渉されることなく、思いどおりにショッピングを楽しんだあと、歩いて家に向かっている途中で（徒歩で帰るときのルートのひとつは、活動ホームの前を通る）、はいりこみ、こないだ過ごしたショートステイ用の部屋にはいっていっちゃったらしい。活動ホームは、うちと新横浜駅のちょうど中間あたりにあるので、ちょっと休憩と思ったのか。実は、先月も新横浜でいなくなっちゃったことがあって、そのときは、新横浜近くの、夫の両親のマンションに行ってたんだった。買い物の目的を果たすまでは、一目散、でも、そのあと、もう、私と会えないことに気づき、何とかしてくれる所で連絡を待とうと思ったのか。うーん、どういうつもりだったのか、なんてことを説明できる会話力がないので、推測するしかないんだけど。

思うに、バスに乗ったり、買い物をしたり、迷わずに目的地に行き、迷わずに自宅に戻ってくるといった、基本的なスキルは身についていて、本人も自信をもっているのだ。だけど、たとえば、PASMOの残高が足りないとか、バスであいている座席がないとか、誰かに絡んで怒らせちゃうとか、そういう事態にはひとりでは対応できないから、あぶなくて、とてもひとりでは行かせられないと思ってしまう。うーん。こういうことがまだ続くなら、何か、対策を考えないと。

本当にヒヤヒヤさせられたのだが、千鶴にとっては初めてひとりでバスに乗って目的地に行ったという成功経験でもあるのだった。パニック障害もほとんど完治したといってよいのだろう。しかし、ひとりで外出させるには、まだ時期尚早という段階である。

◎子犬のバナナ

◆千鶴の不思議な犬への思い入れ

千鶴は小さいころ、福岡に里帰りすると、私の実家の猫を大喜びで追いかけ回していた。可愛がりたいというよりはしっぽを引っ張りたいだけのようにも見えたけど、私に似て猫好きなんだなと思っていた。一方、犬にはまったく興味を示さなかったのだが、散歩中の犬からすれ違いざま吠えられることがよくあった。犬はこの子のただならぬ気配を直ちに感じ取ってしまうのであろうな……と私は興味深く観察していたのだが、千鶴のほうは吠えられたからといって犬を特に怖がるふうでもなかった。

ところが中学生のころ、ＴＨＥ　ＤＯＧというデカ鼻のわんこのキャラクターが流行ると、千鶴は意外にもすごくはまってしまった。当時マクドナルドのハッピーセットのおまけがＴＨＥ　ＤＯＧのマスコットだったことがあって、それを目当てにハッピーセットを何個も買わされた。そうやって集めたキャラクターの中でも特に「パグ」を気に入って、肌身離さず持ち歩くようになった。(3) 七年経った今でも、ネックストラップにくくりつけて、首から二四時間ぶら下げている。

ＴＨＥ　ＤＯＧにはまり始めるのと同時に、芸能人がペットのことをブログに書いているのをとても熱心に読むようになった。読むといっても、文章の読解が完全にできるわけではないので、犬の名前と自分にも理解できる言葉を拾い読みして、あとは写真を眺めているだけだったが、それが楽しくてしかたがないという感じでパソコンの前でひとり盛り上がっていた。タレントの上原さくらさんはチワワを何頭も飼っていて、ブログにもよく犬たちの話題が登場していた。その中でも老齢の「とらじろう」の右の目が白内障なので写真では青く見えるということが妙にツボにはまったようで、「とらじろう、右の目、青い」「はくないしょう」と一日に何十回も私に報告してきた。

(3) 一二五ページ、一四九ページの写真で千鶴が手に持っている。

インターネットで見つけたタレントのペットの犬たちの写真を印刷してきれいにファイルしたり、買い物に行くとドッグフードや犬の洋服やおもちゃに興味津津で、油断しているとカートに勝手にいれてしまう。けれども、「ちーちゃん、犬飼いたいの？」と尋ねると、「飼わない」ときっぱり答えるのだ。そのころは、調子が悪いと家に来てくれたお客様の赤ちゃんをこづいたりすることもあり、小さな生き物は気分次第でどう扱うかわからない感じだったので、ペットを飼うなんて現実的にも難しかったのだけれど。

◆本物の犬を飼うことに

二〇〇八年の春から、息子が埼玉の大学の近くでひとり暮らしをするようになり、私と千鶴のふたりっきりの生活が始まった。一年が経ったころ、「Ｓａｙ Ｈｅｌｌｏ！ あのこによろしく。」(4)というＤＶＤを観た。ジャックラッセルテリアの子犬が三頭産まれ、子犬たちがそれぞれ新しい飼い主にもらわれていくまで母犬と過ごした数カ月を、美しい写真と樋口可南子さんの語りと音楽で綴る作品だった。私はそれまで猫派だったのだけれど、そのＤＶＤを観て、犬がいる生活もいいなあと思うようになったのだった。

自閉症者支援のスペシャリストである服巻《はらまき》智子先生のブログを読み始めたのも、偶然同じころだった。そして、服巻先生が自閉症者へのアニマルセラピーを薦めていらっしゃる記事を見つけた。犬を飼うことが、どうにも行き詰まっている感じの今の生活を変えてくれるかもしれないという思いが、だんだん膨らんでいく。外出ができるようになったとはいっても、私と千鶴は社会的にはほとんど引きこもりの生活が続いていたから、家の中でできることで、もっと心豊かに暮らせるような何かを探していたのだった。

ある日、私は、軽い気持ちで「ちーちゃん、犬飼いたい?」と、千鶴に声をかけてしまった。たぶん、以前のように「飼わない」と言うだろうなと思いながら。

ところが、千鶴は、即座に「飼う!」と乗ってきたのだ。その言葉を待っていました! と言わんばかりだった。本物の犬を飼いたいと思うようになっていたのだと初めて気づいたわけなのだが、さらに驚いたことに、ほしい犬種も性別も色も名前も決めていたのだった。トイプードルのメス、色はアプリコットで、名前は「バナナ」。意外にも、マスコットのパグをあれだけを大事にしているのに、実際に飼いたい犬はパグではなかった。歌手のBoAさんが「パーマ」という名前の茶色のトイプードルを飼っていて、パーマちゃんの写真もネットでよく眺めていたから、本当に飼うならトイプードルだな、などと思っていたのだろうか、何だかおかしかった。

でも、我が家で犬を飼うなんて、やっぱりあまりにも無謀かもしれない。千鶴だけでも四苦八苦しているのに、ままならない、しかも絶対に守りぬかなければならない存在をもうひとつ増や

(4) 監督:今村直樹　原著:イワサキユキオ　販売元:BMG JAPAN

すことになる。ペットを飼うことなんて危なすぎて考えられなった数年前に比べると、明らかに千鶴の様子は落ち着いてきてはいるが、予測もしなかった行動に出ることがぜんぜんないとは言えない。本当に大丈夫か、何があっても飼いつづける覚悟はあるのか、そういう抽象的なことを千鶴に確認するのはとても難しいのだけれど、何度も何度も、日にちを変え、時間を変え、いろいろな聞き方をして、「犬を飼いたい」のが本気かどうかを確かめた。その答え方を聞く限りでは、本気な感じではあるのだが、犬飼いたい？　と自分で千鶴に聞いておきながら、私はなかなか決心がつかなかった。

養護学校の同級生のおかあさんで、犬を飼っている友人に相談してみると、千鶴のこともよく知っている彼女は「ちーちゃん、トイプードルに触ったこともないんでしょ。実際に目の前にすると引いちゃったりするかもしれないから、決めてしまう前に、ホンモノのトイプードルと触れ合えるチャンスを作ってみたら？」とアドバイスしてくれた。トイプードルを飼っている友達が湘南に住んでいるのだが、外出にずいぶん慣れてきたとはいえ、千鶴を連れて行くには湘南はちょっと遠すぎる……。躊躇しているうちに、思いがけず「ホンモノのトイプードルと触れ合えるチャンス」がめぐってきたのだ。

二〇一〇年の早春、国立新美術館で開催されていたルノワール展を見に行くために、電車に乗っていた時の出来事。一番端の座席に座った千鶴のすぐそばに若い女性が立っていて、彼女のシヨルダーバックの中から、何と、トイプードルが顔を出していたのだ。しかも千鶴がほしがっているアプリコット色。あまりにおとなしいので、初め千鶴は気がつかなかった。私に教えられて、自分の顔のすぐ近くにトイプードルを発見。静かに興奮して、私に写真を撮ってとせがむ。飼い主の方に了解をとって携帯電話のカメラで撮らせてもらった。その後、千鶴はそうっと、犬の頭をなでていた。彼女とトイプードルは次の駅で降りてしまったので、ほんの短いひとときではあったけれど、その様子を見ていて、きっと大丈夫と思えた。そして、この偶然を神様からのGOサインと勝手に思うことにしたのだった。

◆バナナがやってきた

こうして、犬を飼うことを考え始めてから数カ月後、本格的にトイプードルの子犬を探し始めた。理想的なペットの入手法は、ブリーダーさんのところへ実際に出向いて、相性がいいと感じた子犬をもらってくることなのだろうけど、そういう段取りは千鶴には難しすぎると思われた。探し始めたのが二月で、千鶴は子犬を引き取る時期も「五月」と決めてしまっていたので、条件にぴったりの子犬をちょうどその時期に引き取るためには、ネットで全国のブリーダーとの仲介をするペットショップを使うのが一番現実的だった。横浜市内限定で検索して、幸い信頼できるペットショップにめぐり合い、こちらの希望どおりのかわいい子犬を予約・購入することができた。

千鶴には、子犬がまだ赤ちゃんであること、おかあさん犬から引き離されてくるのだから、私たちが代わりに大事に可愛がってあげなくてはいけないことを少しでもわかってほしかったので、息子に埼玉のブリーダーさんのところに行って、子犬の様子を撮影してきてもらったり、おかあさん犬の写真を取り寄せて千鶴に見せたりもした。千鶴は子犬のビデオをにこにこしながら一生懸命観ていた。一緒にホームセンターのペットコーナーに行って、晴れて、自分の犬のためのおもちゃも購入する。嬉々としてキティちゃんの人形を選んでいた。

サークルやトイレシーツ、ドッグフードなど準備万端整えて、いよいよ明日、バナナがやってくるという夜。千鶴の様子がおかしくなった。理由もきっかけもわからないのだが、「バナナ、いらない」と険しい顔で言い出し、泣き叫ぶ。夜中じゅう、「バナナ来ない（バナナ来ないでほしいという意味）」と言いつづけて、一夜が明けた。この分だと、子犬をつかんで放り投げてしまうかもしれない。周到に準備してきたつもりだったのに、ここにきていったいなぜなの？と私も叫びたい気分だった。私にしつこく「絶対に返すことなんてできないんだからね、大丈夫？」と言われつづけて、かえって、拒否反応が出てしまったのか、それとも、言われている意味がずっとわからずにストレスをためていたのか……。

ほとんど寝ないまま朝を迎えた時点では、最悪の場合、謝ってバナナを連れ帰ってもらうしかないと覚悟していたが、ペットショップの白川さんがバナナを連れて来るのは昼ごろということになっていて、そのころには千鶴もずいぶん気分が落ち着いていた。

そして、ついにバナナとの対面。運ばれてきたダンボール箱をそっと開けると、金色でふわふわでつぶらな瞳の子犬が顔を見せた。千鶴は思わず笑顔になっていた。私が先に子犬を抱いて、「ちーちゃんも抱っこしてみる?」と尋ねると、「抱っこしてみる」と優しい声で答え、こわごわとではあるが、愛おしそうにバナナを胸に抱いた。どうなることかと思ったが、無事、予定どおりにバナナを我が家に迎えることができたのだった。

◆パトラッシュのようではないけれど

子犬を飼うのは私も初めてだった。実家の猫が子猫を産んだので、子猫の世話は経験してい

バナナを初めて抱っこした千鶴。両者ともちょっと緊張気味だ。

たが、それに比べると、子犬は本当に手間がかかる。トイレはなかなか覚えないし（子猫はすぐ覚え、一度覚えたら失敗しない）、やたら噛みつくし落ち着きがない。思っていたよりずっと大変だったので、情けない話だが最初の一週間くらいでぐったりしてしまった。

こんなはずではなかったと思ったのは、千鶴も同じだった。千鶴のイメージでは、犬というものはアニメの「フランダースの犬」に出てくるパトラッシュのように、いつでも自分のそばにおとなしく寄り添い、なでたいときには目を細めてなでられ、そうでないときはじっとしているものだったのだろうと思う。ところがバナナはやんちゃな性格で、サークルから出すと、大ハッスルでピョンピョン跳ね回り、リビングで寝転がっている千鶴の髪をくわえて思いっきり引っ張るわ、手や足に噛みつくわの大暴れ。千鶴がいつも使っているクッションのカバーにもおかまいなしにおしっこするから、中までしみこまないうちにあわててカバーをはがさないといけないこともたびたびあった。千鶴は前触れもなく急にそういうことをされるのが大嫌いなので、相当なストレスだったと思う。

バナナが来て一〇日ほど経ったある日、ついに爆発した。「バナナ、白川さんに返す！」と言って、バナナをつかまえて押さえつけてしまった。自由になりたくてバナナがもがくのを必死に脇に抱え込むが、痛めつけようという感じではなかったので、そのままの姿勢で、なるべく刺激しないようになだめながら、様子を見ることにした。バナナもさすがに千鶴の尋常でない気配に危険を感じたのかおとなしくなった。

二時間ほど経つうちに、何とか自分で自分の気持ちを収めることができたようで、やっとバナナを解放してくれた。千鶴の中で、バナナをうっとうしく思う気持ちより、やっぱり一緒にいたいと思う気持ちがまさった瞬間。最初の関門を越えたと思った。

犬を飼うことが千鶴にいい影響を与えるのではと思った理由のひとつは、自分の意のままにならない存在をを受け入れたり、我慢したりできるようになるかもしれないということだった。妹や弟がいる場合は、自然にそういうことも身につけられるのだろうけど、千鶴にはそんな機会がなかったので、ほかの誰かの事情に合わせるということがなかなかできない。犬を可愛がることによって、それが学べるのではないかと思ったのだ。

そして実際に千鶴は、バナナと暮らしていく中で、犬を飼っている生活ならではの事情にずいぶん合わせることができるようになったと思う。そのうち、バナナがおしっこやうんちをいつまでも失敗したり、たびたび玄関から靴をくわえてきたりして私の手を焼かせていることをだんだん面白がるようになった。それまでは自分がこのうちで一番世話をしてもらっている存在だったのが、もっとできないやつが現れたというのが何となく楽しそうだった。私が次々に買ってくる『トイプードルの飼い方』などという本を熱心に読んで、「しつけ」という言葉を覚え、「しつけ！」と言いながら、ニコニコとバナナの粗相の後始末をしてくれることもあった。

バナナはあっという間におとなになり、もう粗相はしないし、落ち着きも出てきたけれど、相変わらず、千鶴の足にはガルルルと噛みつく。我が家におけるビリから二番目の地位を千鶴と争っているらしい。千鶴とバナナのかかわり方を見ていると幼稚園児の兄弟喧嘩みたいに、出さなくてもいいちょっかいを出し合っている感じである。バナナはいつも千鶴の様子を監視し、千鶴がちょっと大声を出すと吠え立てる。千鶴も気に入らないときは、バナナの口を押さえて頭をパチンとはたくこともあるし、あんまり噛みつくときは、足蹴にすることもある。でも、やり方は加減しているようだし、バナナのほうはまったくめげない。バナナがトイプードルとしては大柄で頑丈な体に育ったのも幸いだったと思う。

最初の爆発の後も、二回ほど「白川さんに返す」と怖い顔で言ったことがあったが、バナナが来てから一年半近くたった今、千鶴にとってバナナはなくてはならない存在になっている。喧嘩ばかりしているわけではなく、ぴったり寄り添って昼寝をしていることもたまにはある。もっとも、服巻先生のブログを読んで期待したような、アニマルセラピーで癒されているという感じとはちょっと違うのだけど……。

私にとっては、バナナはまさに癒しの存在である。夫が天国からよこしてくれた贈り物だと思っている。

◎息子が映画を作った

◆卒業制作

息子の正和は、夫が亡くなった翌年（二〇〇七年）の春、立教大学現代心理学部映像身体学科に入学して、映像制作に関係する仕事に就くことを目指していた。私たちはもともとあまり会話のない親子だったのだが、二年生から息子が埼玉県新座《にいざ》市のキャンパスの近くでひとり暮らしを始めると、顔を合わせる機会がさらに減り、彼が何をやっているのか何を考えているのか、ますますわからなくなっていた。ただ、感じていたのは、息子が高校二年生のころからとても情緒不安定で、それが第一志望の大学に進学できた後もずっと続いていたことである。

大学三年の秋、卒業制作のテーマを決めなくてはならない時期になり、何を作るつもりなんだろうとひそかに気を揉んでいると、ある日、家に戻ってきて改まった調子で「卒業制作、自閉症をテーマにしたドキュメンタリーを作りたいんだけど」と私に告げたのである。

息子は、大学ではバスケットボールのサークルのほかに、ボランティアサークルにもはいっていた。その活動についてはあまり詳しく話そうとしなかったが、障害をもつ若者たちとスポーツを楽しんだり、地域の障害児の親たちの集まりに参加したりもしていたようだった。また、全盲なのに写真を撮るのが趣味というおばあさんに興味をもち、取材や撮影を試みたりもしていた。そんなふうに、ハンディをもつ人々に何らかの思いはあるようなのに、自閉症や自分の妹のことになると、どこか距離をおいて無関心な姿勢をずっと貫いていたから、彼から突然そんな言葉を聞いて驚いた。でも、心からうれしかった。やっと妹の障害と真正面から向かい合う気持ちになってくれたのだと思った。

◆兄と妹

千鶴が生まれたのは、正和の二歳の誕生日の四日前だったので、彼は一歳代でおにいちゃんになってしまったことになる。彼自身がゆっくり成長するタイプの子どもだったのに（佐々木先生に千鶴が一歳四カ月という早さでお会いできたのは、実は言葉の遅い正和についての相談に家族全員で行っていたからなのだった）、そんなに早く妹ができてしまって、しかも、それが母親のエネルギーをほとんどもって行ってしまうような手のかかる妹だったから、まだ赤ちゃん同然だった息子にはさぞかし負担がかかっていたと思う。けれども、幼いころの息子はのんきな笑顔で飄々《ひょうひょう》としていて、妹に焼きもちを焼いたりもせず、生きていることがとても楽しそうだったし、親の言うこともわかることならよく聞いてくれた。私も夫もそんな気のいい息子に甘えて、ついフォローを怠っていたかもしれない。彼はこの飄々とした性格で千鶴の障害のこともうまく受け入れてくれるのではないかと楽観していた。佐々木先生には、千鶴の診察のたびに「おにいちゃんはどうしてますか。ちーちゃんよりもむしろ、おにいちゃんのほうを、しっかり見てあげてくださいね」と言われていたのにもかかわらず。

千鶴にとっては、年の近い正和という兄がいてくれたことは本当に幸せだった。親では教えられない子どもの世界の事柄を、息子は障害のある妹に自然に教えてくれたのだ。おもちゃの使い方、子どもたちの間で流行っている遊び、兄弟は大人のように千鶴がほしいものをいつも譲ってやるとは限らないことなど……。健常児の中で育てないと千鶴の力が伸びないのでは？ と心配していた私に佐々木先生が「おにいちゃんと遊んでいれば十分です」とおっしゃった意味は、後になったらよくわかった。保育園では、千鶴はそこにいるだけで緊張を強いられてしまって、周りの子どもたちから何かを学ぶような余裕はなかった。安心できる空間で安心できる相手だからこそ、兄弟と一緒のときは、相手のすることに興味をもったり、真似したりもできるのだった。

今でも覚えているのは、正和が七歳、千鶴が五歳くらいだったころのこと。食事のときに、正和がスープにはいっていたわかめをひげに見立てて、鼻の下にくっつけてふざけてみせた。するとそれを見た千鶴が、「おにいちゃん……」と指差しながら大笑いし、自分も真似をしてわかめを鼻の下にくっつけたのだ。私はびっくりして眺めていた。おにいちゃんがふざけているのを面白いと思い、自分もやってみよう！ と真似するなんて。自閉症が治ったの？ と一瞬思ってしまったほどだ。兄弟の力ってすごいと感嘆した出来事だった。

千鶴が小学校に上がるとき、初めは息子が通う学区の小学校の特殊学級（特別支援学級）にいれるつもりでいたのを、入学直前に養護学校に変えたのだが、そのことについて息子はとてもがっかりした。妹が自分と同じ学校にはいってくるのを楽しみにしていたのだ。障害児をもつ親仲間から、兄弟児が同じ学校に通うのをいやがるという話もよく聞いていたので、正和はうまく育ってくれていると安心したものだ。しかし、そんな私の考えは手前勝手な甘い解釈にすぎず、この時点ではまだ息子は幼すぎて、兄弟が障害児だと学校でどんな思いをするか、想像できなかっただけだったのだということに後になってから気づく。

小学校の高学年になって、息子が「シンショーって、何？　友達がシンショー、シンショーって、障害のある子をバカにするんだけど」と私に言ってきたことがあった。私は、心身障害者か身体障害者か、とにかく、正確な意味もわからず、流行り言葉のように面白がって言っているだけなのだろうと思い、そんなことは子どもの世界ではまあよくあることでもあり、「言葉の意味もわからない子が言ってるだけでしょ、気にしちゃダメよ」と答えた。そして、内心、千鶴がもし息子と同じ学校に通っていて、目の前でそんなふうに妹を馬鹿にされたとしたら、どれだけ傷ついていただろうとも思い、そんな思いをさせずにすんでよかったと思ったのだった。もちろん息子がシンショーなどという言葉を使う友達をガツンといさめることができればよかったのだろうけど、そんなタイプの子ではなかったから、今のまま平和に学校生活を送ってほしいという気持ちのほうが強かった。

しかし、たとえ、妹を直接馬鹿にされたのではなくても、息子の心は私が思っていた以上に傷つき、妹のことを友達に話すきっかけを失ったまま、その時のショックを長年抱えつづけてきたという。私はそのことを最近まで知らなかった。ただ、高校生になっても大学生になっても、親しい友達にすら千鶴のことを話していないことはわかっていて、それがずっととても気になっていた。友達が何よりも大事なはずの年代なのに、誰にも本当には心を開いていない証拠だったからだ。自閉症をテーマにする決意をしたのは、障害者の妹がいることを友達に知られてもいいという心境にやっとなれたからなのだろうと思い、本当に安心したのだった。

自閉症をテーマにとはいっても、初めは千鶴を撮るつもりはなく、誰か撮影させてくれる人を紹介してくれないかと相談してきたのだった。家族をさらすことへの抵抗もあったのだろうけど、妹を撮るのでは安易でつまらないと考えているように見えた。けれども、自閉症の人は、普段の生活のペースを乱されるようなことをとてもいやがる。自分とは何の関係もない人間がある日突然カメラを持って、自分の周りをウロウロし始めたら、とても不安定になってしまうだろう。プライバシーの問題もあるし、ご本人にもご家族にも負担がかかりすぎるから、いくら仲のいい人でも頼めない。もし撮らせてもらえたとしても、あたりさわりのない、ごく表面的なものしか撮れないだろう。「自閉症をちゃんと撮りたいなら、ちーちゃんを撮るしかないよ」と私は答えた。

千鶴も、もう兄が一緒には暮らしていないという状態に慣れてしまっているので、彼が常にそばにいて自分をカメラで撮ることには抵抗を示すだろうが、そこはやはり家族なので、多少の無理はきくし、何度でもチャレンジができる。ただし、指導教官が、そんなホームビデオになりかねない題材でも許してくれるならの話だけど。と思ったら、息子の師であるドキュメンタリー監督の池谷薫先生(5)は最初から、「妹を撮れば」とおっしゃっていたのだ。息子はそれに抵抗していたらしいが、私にほかの誰かを紹介することを断られ、「先生とおんなじこと言う……」とやや不本意な感じでつぶやいたものの、この時、千鶴を撮ることを決心したのだった。

◆カメラが生活の中に

こうして、二〇〇九年の晩秋より、「ちづる」の撮影が始まった。思ったとおり、最初のころ千鶴は、それまで実家に帰ってきても、自分の部屋で寝てるか、携帯電話かｉＰｏｄをいじっているだけだった兄が、突然、カメラを片手にやたらと自分にまとわりつき始めたのをひどくいやがった。いつものようにおかあさんとふたりだけで出かけようとすると、なぜか関係ないおにいちゃんがついて来ようとする。「カズは来ないで～」とそのたびに叫んで、兄の同行を拒むので、千鶴に気づかれないように、息子は時間差で家を出たり、どうしてもダメそうなときは、私がカメラを持たされたりした。

二〇一〇年一月中旬の日曜日、横浜市内の障害をもつ新成人たちのためのお祝いの集いが新横浜で催されることになっていて、その撮影のために息子は張り切って前日から実家に帰っていた。このときは、晴れの日ということもあったのだろうか、千鶴も前々から息子がカメラマンとして同行することを承知していた。けれども、たぶん、足の指を怪我して飲みつけない抗生物質を前々日くらいから飲んでいたことが原因だと思うのだが、当日の朝の千鶴の気分が最悪で、式典に間に合うように家を出られるかどうかも危うい状態になってしまった。そういうデリケートな状況では、少しでも千鶴をイライラさせるようなことは切り捨てざるを得ず、千鶴自身も、「カズは来ない！」と険しい表情で息子が来ることをいやがるので　撮影をあきらめてもらった。この大きなイベントの映像は千鶴が二〇歳になったという節目を表現するために息子としてはぜひ撮りたかったらしく、「このためだけに帰ってきたのに！」とふてくされていた。

このころまでは撮影は前途多難な感じだった。息子も少々あせっていたかもしれない。けれども、いつからかはっきりとはわからないのだが、撮影されることへの千鶴の抵抗がだんだん薄れていき、カメラがあることが生活の中で当たり前のようになっていく。息子が思春期を迎えるころからうんと離れてしまっていたふたりの距離が、子どものころのように縮まっていった。

（5）　代表作「蟻の兵隊」「延安の娘」。二〇〇八年より立教大学現代心理学部映像身体学科特任教授。

この作品は「卒業制作」なので、ちゃんと撮り終えて翌年の春には無事に卒業してもらわないと、親としては困る。だから私も全面協力するつもりでいたが、それ以上に、この貴重なチャンスに息子に伝えられることは伝えておきたいと思う気持ちが強かった。夫が生きていればこんなに早い時期に息子に千鶴を託すことを考える必要はなかったのだが、状況がこうなってしまった以上、私に何かあったときのために、今の千鶴のこと、私たちがどんなふうに暮らしているか、ありのままを知っておいてもらいたかった。だから、我が家のシュールな暮らしぶりを他人に見せることにいくぶんためらいはあったけれども、できあがった作品を観るかもしれない息子以外の観客のことはなるべく意識しないことに決めた。その観客というのも、この時点では池谷先生と、同じ学科の学生さんたちくらいだろうと思っていたのだ。

息子は映画に極力字幕やナレーションをいれないつもりだと言うので、私が千鶴の自閉症特有の不思議な行動についていちいち説明しなくてはならなかった。私にいろいろと質問をふってくるのが、自閉症について知識のない観客のためばかりではなく、自分もわからないから聞いてくることも多かったようだ。こんなことも知らなかったのかと思うことがよくあった。自分のことだけでいっぱいいっぱいな学生生活を送る息子の様子を見て、千鶴のことであえて負担をかけないようにしてきた結果だった。私が面倒くさがらずにその都度もっと千鶴のことを伝えてきていれば、ここまで息子と娘が離れてしまわずにすんだのかもしれないとも思った。

◆息子の進路

映画を撮り始めて数カ月たった二〇一〇年一月ごろから、息子は就職活動を始めた。この時点ではどんな職業に就きたいのか、まだわからないまま、流されるようにさまざまな会社の説明会に出かけていた。リーマンショックの翌々年、超氷河期といわれた年だったから、息子のようにこれといった特技もないのにモチベーションの低い学生などどこにも相手にされなかった。唯一行きたいと心から思えたのが分不相応にもＮＨＫだった。私の大学の後輩がＮＨＫに勤めているので、エントリーシートの書き方からみっちり指導してもらって、この時ばかりは全身全霊を打ち込んで就職試験に臨み、彼としては大健闘で二次試験まで突破したのだが、次の面接で落ちた。そしてすっかり意気消沈してしまった。映像関係の入社試験は時期がもう少しあとだったので、これからが本番なのかなと私は思っていたが、その業界にはいりたくて映像身体学科を選び、大学三年の夏にはプロモーションビデオの制作会社にインターシップで行かせてもらっていたのに、この期に及んで自分には向いていないと言い出す。

そして息子は福祉関係の仕事に就くことを考え始めた。自閉症の千鶴を撮りつづけることが彼の進路選びに影響したのかどうか、息子の口からはっきり聞いたことはないので、彼の気持ちの変化がどういうものだったのかわからないが、福祉の道に進むと決めてから、息子の情緒は本当に安定したと思う。

横浜市にある自閉症者の通所施設でボランティアをしたり、別の社会福祉法人に面接に行ったりといった体験を重ねるうちに、息子は二四時間三六五日、母親に面倒を見てもらっている自分の妹の生活が、成人した障害者としてはとても特殊な事例であることに気づいたらしい。この状態は早く脱しなくてはいけないと、にわかに危機感を持った息子から、「このままでいいの？居場所を見つけてあげなくてもいいの？」と厳しい質問を受ける羽目になってしまった。息子が千鶴の将来について話し合える相手に成長してくれたことはうれしかったが、一四歳のときにパニック症候群になって引きこもって以来、長い時間をかけて、少しずつ回復してきた千鶴の軌跡を、同じ家に暮らしながら、何ひとつちゃんとは見ていなかったくせに、あんたに何がわかる！と内心腹も立った。しかし息子の指摘で、苦しかった時期の記憶に縛られて私が臆病になりすぎているかもしれないことに気づかされたのも確かだった。

息子は夏になると社会福祉法人の試験をいくつか受け、九月に無事内定をもらうことができた。

◆映画「ちづる」の完成と上映会

映画の撮影のほうは、就職活動に忙しい時期はしばらく間があいてしまうこともあった。また息子は最初のころ、ホームビデオと一線を画すために、自閉症の専門家に話を聞いたり、千鶴を小さいころから知っている人にインタビューしたりするといっていたのに、結局、ほとんどの撮影は家の中ですませて、早々と終わらせてしまった。あの程度しか撮ってなくてちゃんと作品にできあがったのだろうか、とまたもや秘かに気を揉んでいたのだが、一二月の提出日を数日過ぎたころ、「ちづる」のDVDを持って帰ってきて、これで上映会をやってもいいかチェックしてみてという。

映画は自閉症をテーマにしたというよりも、いつのまにか私たち家族をテーマにしたものになっていた。千鶴を追った映像だとばかり思っていたのに、やたらと私が出てくる場面が多いのにまず驚いた。撮られているのはわかっていたけれど、恥ずかしいから使わないでほしいなあと思っていた場面ばかりが続く。それは承知

映画「ちづる」の中の1シーン。千鶴をテーマにドキュメンタリーを撮ることについて、私がどう思っているのかを息子に聞かれている場面。
©2011「ちづる」上映委員会

の上だからしかたがないにしても、私と息子の、進路をめぐる感情的な会話の場面まではいっているではないか。「これちーちゃんとは関係ないよね？」と確かめたら「自分の記録のために撮るから」などと答えて撮り始めたのに。

上映会って、これを学内関係者以外の、不特定多数のお客さんに観せるということ？　いやいや、そんなことはありえない。だって、これ、自分ちで起きたことそのままではないか。それを大きなスクリーンに映して、公開するなんて。そんなこと、普通しないよね？　恥ずかしすぎるよね？　などと言いたいところを何とか抑えたのは、「ちづる」が確かにひとつの「作品」になっていて、もはや、私があれこれと注文をつけることのできない領域にあると感じたからだ。そしてまた、映像の世界に進みたかった息子が自分の作った作品をひとりでもたくさんの人に見てもらいたいのは当然だった。それを邪魔することはできるはずもなく、息子に「どう？」と聞かれて、内心かなりの葛藤はあったけれど、「いいよ」と答えざるを得なかった。

池谷先生は懇意の映画関係者、マスコミ関係者を内輪の完成試写会に招いていて、そのひとりである東京新聞の小嶋麻友美さんが映画「ちづる」と息子を紹介する記事を書いてくれた。それは二〇一一年一月七日付の夕刊に写真入りで大きく掲載された。新座キャンパスで一月中旬から数回にわたって予定されていた一般向けの上映会の日程も記事の最後に紹介されていた。これをきっかけに「ちづる」は思いがけないほどたくさんの人たちに注目されることになり、上映会ではのべ三〇〇人もの方が「ちづる」を観てくださったのである。

◆「兄弟児」との出会い

新座での上映会に足を運んでくれた朝日新聞の川上記者から取材を受けて、息子は一月二四日付朝日新聞朝刊「ひと」欄に「自閉症の妹を主人公に映画「ちづる」を撮った立教大生」として紹介された。

「二歳下の妹ちーちゃんのことはバレちゃいけない。重度の自閉症で人とうまく意思疎通がとれないし、こだわりも強いから。家に友達は呼べず、勇気を出して打ち明けても、相手から「聞いてゴメン」。何で自分だけこんな家族に……。」

という書き出しで始まるこの記事を読んだ時、私は不思議な感じがした。軽やかな文章だけど、軽々しくはなく、息子の心にぴったりと寄り添っている。ふつうなら引いてしまうような私と千鶴の格闘シーンのことが、「ごく日常の風景だったが」とさらりと表現されている……。どうしてこんなふうに書けるのだろう？　数日後、掲載紙と一緒に川上さんからのお手紙が届いた。それを読んで、川上さんが息子とたった五歳しか年が違わない、自閉症のおにいさんをもつ「兄弟児」と知り、すっと合点がいったのだった。川上さんからいただいたお手紙とそのあとに続いた私とのメールのやりとりの一部を、ご本人の了承を得て、紹介させてもらうことにする。

赤崎久美様

突然お手紙を差し上げます失礼をお許しください。私は朝日新聞横須賀支局の記者をしています川上裕央と申します。24日付本紙朝刊の「ひと」欄に掲載された正和さんの記事を書いた者です。池谷薫先生からご住所をお伺して掲載紙を送付させていただくにあたり、どうしてもご家族に御礼の気持ちをお伝えしたく、一文添えさせていただきます。

私の記事をはじめ、映画「ちづる」がマス・メディアに取り上げられることで、正和さん、ご家族やご親類、関係者の皆さんにご心配、ご不安をお掛けしていることと思います。本当に申し訳なく思っております。ご家族に様々な影響が出ることを分かっていながら、それでも記事を掲載させていただいたのは、私自身が映画や正和さんの思いを1人でも多くの人に知らせたいと強く願ったからでした。

大学入学まで実家（兵庫県淡路島）で10歳上の自閉症の兄と暮らした私にとって、東京新聞の夕刊で初めて正和さんのことを知った時、こんなにも同じような経験や悩みを抱えている人がいることにとても驚きました。実際に映画を見させていただいて、兄の存在を隠していた自分の過去を思い返しました。私自身も大学時代に進路に悩み、新聞社への内定が決まってから、半年間、横浜市内の3人の自閉症の方が暮らすグループホームで働いたこともありました。正和さんとお母様の間で交わされた会話などは、とても他人事ではなく、28歳の今でもなお向き合い続けている課題です。

障害者のいる家族は、父母の視点から語られることはあっても、正和さんや私のような兄弟姉妹の視点で描かれることはほとんどありませんでした。幼心に親もまた兄弟姉妹が抱く悩みや問題をすべて理解することはできないと感じていました。家族のことで誰にも話せずにいる子どもたちに、映画や正和さんの存在は大きな励みになると思っています。紙面で映画をご紹介することで、物理的に見られない人にも正和さんの思いをわずかでもお伝えしたい。それが今回記事にさせて頂いた一番の理由です。

正和さんが千鶴さんのことを映画に撮ろうと一歩踏み出された勇気に、お母様が正和さんの気持ちを理解し撮影に協力された寛大さに、1人の人間として心から感謝しています。1人の青年が悩みぬいて23年分の思いを込めた作品は、多くの人の心を打ち、家族や生きることの素晴らしさを感じ取ることと思います。この映画に出会い、記事として皆さんにお知らせできたこと、私にとっても一生の宝物になりました。私の母も涙を流して読んでくれました。本当にありがとうございました。

朝日新聞横須賀支局　川上裕央

川上裕央様

昨日、お手紙と掲載紙、受け取りました。

ありがとうございました。

……おっしゃるとおり、障害児の親には親の苦労はわかっても、兄弟の苦労は想像することしかできません。しかも、私は苦労を夫と分け合うことが出来たけど、ほかに兄弟が居ない息子はそれをひとりで背負ってきました。

川上さんもそうなのかしら？でも、記事にも書かれていたように、私は、それは息子の運命だから、受け入れてもらうしかないと、心の中で突っ放していたところがあります。

でも、それを受け入れる力を持つために、小さい頃からちぢこまるよりもむしろ息子の方に目を向けて、励まし続けて、自分自身のことが好きでいられるようにしてあげなくてはいけなかったのに、そこを怠ってしまいました。

息子は妹のことを友達に話せない自分がずっと嫌いだったんじゃないかなと思います。思春期を過ぎてからも、ずっと情緒不安定でした。彼はずいぶん長いこと、もがいていました。

でも、何かにずっと怒っている、傷ついているということはわかっていても、それに娘のことがそんなに深く影響していたなんて、彼がこの映画を撮ると言い出してから初めて知ったことなんですね。親として不甲斐ないですけど。

川上さんが気遣ってくださったとおり、ごく私的なドキュメンタリーが思いがけず、多くの人たちの目に触れることになってしまって、心配なことも多々あるのですが、本当に、この映画が、「兄弟児」たちを励ます力があるのなら、リスクを冒す意味もあるのかもしれないと、川上さんからいただいたお手紙を読んで思いはじめています。

……長々と書いてしまってすみません。弟として、おにいさんのこと、ご心配でしょうが、今は川上さんのジャーナリストとしての才能を生かして、思う存分お仕事をなさることが、きっとおかあさまの一番の願いであり、喜びだと思います。がんばってください！

赤崎久美

川上さんにこのメールを書くうちに、私は息子がどんなふうに妹のことで苦しんできたか、それまでより少しだけわかったような気がした。そして、全国に、全世界にいるであろう「兄弟児」たちに思いをはせていた。私のメールへの川上さんからの返事の中に、こんな一節があった。

両親はきっと、地元の大学に進んで公務員や教員となり、兵庫県の実家の近くで何かあれば呼べる距離に私を置きたかったのだと思います。そんな思いを薄々感じながらも、結局は私は神奈川の大学を選び、卒業後も全国転勤のある新聞社に入りました。両親は私の希望がかなったことを心から喜んでくれました。映画の中で「私も迷っている」と赤崎さんの言葉を聞いたとき、私の両親もまた、同じような迷いをこれまでもずっと抱いてきたことが分かった気がしました。

きっと私にとっても、両親にとっても、その迷いは続いていくのだと思います。そして、いつか時が来て変化が訪れることも、お互いにわかっています。ただ、それがいつなのか、そのことをあまり心配しても仕方がないのかなとも、最近は思うようになりました。今ある一日一日を大切に、そして決して希望を失わないようにと。

自閉症の兄弟のことは一生解決も楽観もできない。若い人たちが背負いきれないと感じても無理はないほど重い存在である。それを背負いつつも「今ある一日一日を大切に、そして決して希望を失わないように」生きていくために、悩み苦しんでいるのは自分ひとりではない、がんばっている仲間がいると知ることは少しでも励みになるかもしれない。息子にとっても川上さんに出会えたことは大きな心の支えになっただろう。

このころ、私はまだ「ちづる」が、家族の名前も顔もさらすというリスクを冒してまで万人に観てもらう意味のある映画だとは思えずにいた。そして、池谷先生が劇場公開も考えていることを聞いて動揺していた。が、川上さんのお手紙とメールを読んで、ようやく覚悟が定まってきたのだった。

◆劇場公開へ

同じころ、NHKの「首都圏ネットワーク」でも「ちづる」が取り上げられ、浅田絵美さんという若いディレクターがとても誠実に息子と私の気持ちをきちんと汲んだ番組を作って放送してくれた。新聞とテレビの影響は大きくて、三月六日に立教大学の池袋キャンパスで開催された上映会には約四〇〇人もの来場があったそうである。やがて、東京・横浜・大阪での劇場公開も正式に決まった。静かすぎるほど静かに暮らしてきた我が家にとっては怒涛のような展開であった。

「ちづる」を観た方から、息子が撮影の過程で成長していったのがわかったという感想をよくいただく。カメラを通して妹を真正面から見つめるうちに彼の心境が変わっていった面ももちろんあると思うが、私はうちで撮影したものを池谷先生に見せて、先生の指導を受けて編集していくそのやりとりの中で、多くの気づきを促されたことがとても大きかったのではないかと思う。

親にも友達にも言えないまま、障害者差別や父親を無残に死なせた飲酒運転への怒りや憎しみは、彼の心の中の袋小路にはいりこんで肥大化してしまっていた。池谷先生はそれを外へ引っ張り出し、暗くネガティブな方向に傾きすぎていた気持ちのバランスを正常に近づけてくれたのだと私は思っている。それは家族や親戚以外の第三者で、しかもひねくれ者の息子が素直に信頼できる人にしかできなかったことだ。国境と時代をまたいでさまざまな人生を撮ってきた池谷先生の、人間の本質を見据える力を息子はきっと信頼したからこそ、池谷先生について卒業制作を作りたいと思い、制作の過程で先生に言われたことも受け入れることができたのだと思う。

ずっと足踏みしてきた階段を、息子は社会に出る直前になってようやく一段上がることができた。真の意味で「ちづる」は「卒業制作」になった。

◎故郷の福岡へ

◆里心

息子の就職がなかなか決まらないころは、私にとってもやはり精神的につらい日々だった。ある時、何だかとても弱気になってしまって、実家に電話したことがあった。その時、普段、真面目に話したりしない父が珍しく真剣に励ましてくれて、とても気が楽になったのだった。そして、ふと、「福岡に帰りたいな……」と思ってしまった。あの時の精神状態は自分でもよく説明がつかない。息子の就職が決まらないことを福岡に帰ることで解決できるわけではないのに、福岡移住計画を思いついただけで、もろもろの不安が吹き飛んでしまったのだった。気持ちが一瞬で明るくなったのには自分でも驚いた。もちろん、無職の息子を横浜にひとり置いていくことはできないから、計画を実行に移すのは彼が無事に就職できてからのつもりではあったが。

夫が亡くなった直後も、福岡に帰ろうとはまったく考えなかった。当時は子どもたちがまだ学校に通っていたからというのもあるが、将来的にも、千鶴のことを思えば、主治医の内山先生をはじめ、小さいころから千鶴を知っている人がたくさんいる横浜で暮らしていくしかないと思い込んでいた。親の会の活動を通して長年おつきあいがある自閉症者専門の社会福祉法人もある。でも、客観的に今の状況をみてみれば、結局千鶴は在宅で、一時ケアすら受けることができないでいる。自閉症者にとっては手厚いといわれている、横浜市の制度や施設を、日常的には何ひとつ使っていないのだ。頼りに思っている社会福祉法人も、いざという時相談に乗ってもらえるのは確かに心強いが、今の千鶴の状態が続くなら、これから先、実際にお世話になれるかどうかはわからない。だったら、どこで暮らしても一緒じゃない？　と初めて考えてみたのである。

福岡の両親も今は元気で私たちのほうが頼っているくらいだけれど、これからは確実に弱っていく。東京在住の福岡の友人たちは、親御さんの具合が悪くなれば毎月のように福岡に帰ったりしているけれど、千鶴のそばを離れられない今の生活では置いて行くことも連れて行くこともできない。両親も私に何かできるとは期待していないだろう。そういうことについてはあきらめていた。最悪の場合、葬儀にも出られないかもしれないとも覚悟していた。でも、福岡に住んでさえいれば、千鶴がいても、少しは年老いていく両親の役にも立てるかもしれない。

横浜を離れてもいいという気になったのにはもうひとつ理由があった。近い将来かなりの確率で起きるといわれている東海地震。死んだり怪我をしたりという事態には備えようもないが、生活のほとんどを鉄筋コンクリートのマンションの中で過ごしている私と娘の場合、「住まいと体は無事で、街が壊れる」という状況になる可能性が高いと思う。千鶴を連れて避難所に行くことは考えられないから、もし大地震が起きて都市の機能がマヒしても、自宅に残ってライフラインの復旧を待つつもりで準備していた。非常用のトイレを何種類も用意して、トイレには水道が止まった時にタンクにいれて流すために、二リットルのペットボトルに水を満タンにして並べられるだけ並べ、それとは別に飲料水を一〇リットルくらいは常備していた。カセットコンロに使うガスカートリッジ、お湯を沸かせば食べられる非常食、衛生用品のほか、バナナを飼い始めたので、えさやトイレシーツなどストックするべきものがますます増えてしまった。そうやって地震に備えつづけることに少々疲れてきたのである。

といくつか理由を並べてみたけれど、千鶴の行き先が横浜に見つけられないことも両親のことも地震のこともずっと前からある問題なのだから、やはり急に福岡に引越すということの理由にはならないだろう。結局はにわかに猛烈に沸き起こってきた望郷の思いというのが一番の動機である。その思いが自分でも思いがけないほど強かった。自分の住みたい所に住もう。千鶴にもそれにつきあってもらおう。そう思った。すぐに私と千鶴が福岡で暮らせるかどうか、さまざまな情報を集め始め、福岡在住の友人たちにも相談に乗ってもらった。そして、大丈夫そうだとある程度目処《めど》がついたところで、千鶴に「ちーちゃん、福岡に引越そうか？」と言ってみた。ここで「いやだ」と言われたら、もちろん計画は白紙。今までどおり横浜に住むつもりだった。

ところが、千鶴は犬を「飼う！」と言ったときと同じように「引越す！」と大乗り気なのだった。千鶴も今の横浜での生活に行き詰まりを感じていたのだろうか。自閉症者はたいていの場合変化が苦手だが、千鶴は時に環境のリセットを必要とするところがあるから、タイミングが合っていたのかもしれない。引越しについては六年生のときに経験済みで、あの時はよく意味がわかっていなかったのでしばらくは大荒れだったのだが、今回は「ライブタウン（横浜のマンションの名称）の鍵返す」などと言い出し、引越しの意味もちゃんとわかっているようだった。

息子の反応はどうかというと、それまで福岡に帰りたいなどと私が一度も言ったことがなかったので、さすがに驚いていた。千鶴の面倒を見ようと思ってなるべくうちの近くで就職先を探していたのに……と肩透かしを食らわせられたような気分でもあったらしい。しかし、その後、いろいろ考えてみて、自分がきちんと自立するためにはいい機会かもしれないとも思い始めたようだった。ただ、この計画を告げたときには再来年といっていたのが、息子の就職が無事に決まり、千鶴も待てないと言い出したので、急に一年早めたときには心づもりができていなかったと見えて相当ショックを受けていた。

何か自分だけの意思ではないものに背中を押されているようにも感じながら、私は着々と準備を進め、最初に福岡に帰りたいと思ってから二カ月後の一〇月初めには、福岡にマンションを購入していた。引越しは息子が新しい生活に慣れたころを見計らって、翌年の六月の初めにすることに決めた。ずいぶん先のようでもあったけど、千鶴と一緒に生活の拠点を移すためには、数々の特殊事情をクリアしなくてはならないから、準備期間は長いほうが安心だった。

◆震災当日

三月一一日、半年ぶりに朝から動物園に出かけ、午後二時ごろ帰ってきた。ひと息いれてから、千鶴には留守番をさせて、私はバナナの散歩がてら歩いて数分のところにあるホームセンターに買い物に出かけた。その途中で地震にあった。

ひゅーっと風の音がしたような気がして、突然地面がゆらゆらと揺れ始めた。そのうち、まっすぐに歩けないくらいに揺れがひどくなって、それがかつて経験したことのないほど強くて長い揺れだったので、ついに東海地震が来たか！　とドキドキしながらバナナを抱いてしばらくしゃがみこんでいた。しかし、地震がおさまってからあたりの様子を見回してみると、地震が起こる前と何ら変わりはなかった。それほどのことはなかったようだと思い、すぐ帰ったほうがいいかと少し迷ったが、千鶴がリビングの時計が電池切れで止まっているのを気にしているから電池を買いに出てきたのだし、何も買わないで帰ったら面倒なことになるような気がして、そのままホームセンターに向かうことにした。

店内にはいって驚いた。足の踏み場がないほど、商品が通路に散乱していた。やはり尋常ではない揺れだったのだとわかり、単三の電池を二本だけ買ってあわてて帰った（数日後、首都圏ではどこにいっても電池が品切れになってしまったのだが、この時の私にはそんなことは予想もできなかった）。

帰宅すると、千鶴はいつもと変わらない様子で迎えてくれて、家の中も何かが落ちたり壊れたりした形跡はなかったのでほっとした。千鶴に「地震、怖かった？」と聞くと「怖かった」と答え、「怖くなかった？」と聞くと「怖くなかった」と答えるので、千鶴があの時ひとりでどんな思いをしたのか、いまだに想像することしかできない。横浜は震度五だったそうだが、それを室内にいたらどれくらいに感じるものなのかも私には結局わからずじまいである。

この日は、毎週千鶴が楽しみにしている「それいけ！　アンパンマン」の放送日だった。我が家は基本的に常にテレビは消しているのだが、アンパンマンのある日は、番組が始まる四時半よりもずっと早く三時くらいから千鶴はテレビをつけて、スタンバイしているのが常だった。いつもなら韓流ドラマやお気楽な生活情報番組をやっている時間帯だったが、この日は当然のことながら地震のニュース一色。やがてどのチャンネルも津波の映像を繰り返し流し始めた。アンパンマンが始まる予定だった四時半まで千鶴はこの映像を延々と見つづけることになってしまった。四時半を過ぎると、アンパンマンどころではないのだなと、さすがの千鶴も事態の深刻さを感じたらしく、「アンパンマン、来週ね」とあっさり立ち上がった（実際にはアンパンマンの放送が再開されたのは二週間後だった）。そして、リビングでうろうろしながら、時折、怖そうに身をすくめるようにして胸の前で両手を組み合わせていた。フィクションではない本物の津波を見て災害への恐怖を初めて感じたのだと思う。

しかし、アンパンマンが見られなかったことを除いては、我が家は停電にもならず、申し訳ないくらいいつもどおりで、夕方近くには息子とも連絡がとれた。地震の時には大学にいたそうで、アパートの部屋にも被害はなかった。翌日には福島の原子力発電所の事故がわかり、放射能漏れと電力不足への危機感が首都圏中に広がっていく。

◆「非常事態」という薄いベール

週明けの一四日は関内の横浜ニューテアトルで「ちづる」の上映会が開かれることになっていた。親の会やＰＴＡの仲間に観てもらいたくて、子どもたちが学校や通所施設などに行っている平日にしてもらったのだが、前日の夜遅くに、東京電力が計画停電を発表したために当日はほとんどの電車が止まってしまった。学校や施設も休みになって、友達から「ごめん、行けない」という連絡が次々にはいる。しかし千鶴がこの上映会には行く気満々だったので、私は何とか千鶴を連れて行かなくてはならなかった。街の様子がどうなっているかわからなかったから、不安ではあったが、幸い市営地下鉄が動いていたので何とか関内の横浜ニューテアトルにたどりつくことができた。お越しいただけたのはわずか十数人のお客様だったが、映画は予定どおり上映された。

私と千鶴にとっては、初めて大きなスクリーンで「ちづる」を観ることができ、池谷先生にもやっとお目にかかれて、なかなか素敵な経験だった。千鶴は終始ご機嫌で、映画終了後、口下手な息子がマイクを持ってスクリーンの前に立ち、訥々《とつとつ》と何事かしゃべっているのをまったく無視して、スタスタと息子の隣にいた池谷先生のそばに歩み寄り、携帯のカメラでツーショットを撮ったり、池谷先生からマイクを向けられると息子よりよほどはきはきと、ただし自分が言いたいことだけを答えたりしていたが、上映会が終わるや、そそくさと帰り支度をして、あっという間に外に飛び出してしまった。どうやら関内に来たかったのは、別にも目的があったようなのだ。お目当ては桜木町駅前のお気に入りのショッピングビル、コレットマーレだった。しかし、近づいていくと何となくいつもと感じが違う。入り口までたどりついてわかった。閉まっていたのだ。千鶴はえ？　といった反応で思わず後ずさりしていた。私もこんな大きな商業施設が臨時休業してしまうという事態の異常さに驚いた。原発事故の影響による「非常事態」という薄いベールが日常生活を少しずつ覆い始めていた。

それまで、千鶴は昼間でもリビングの照明をつけ、寝る時も寝室の照明をつけっぱなしというくらい、部屋が暗くなるのをいやがっていたから、停電をとても恐れていた。計画停電のスケジュールを横浜市のホームページで確認して千鶴に告げると、それが七時からだったりすると、それまでに夕食も歯磨きもすませて、ベッドにもぐりこみ、暗くなるまでに眠ってしまおうとするようになった。結局うちは計画停電は一度も実施されなかったのだが、日没前後に就寝体制にはいる習慣を千鶴はこのあともずっと続けることになる。「地震で電気を作っていたところが壊れたので、昼間も電気をつけていると夜の電気がなくなってしまうんだよ」と節電しなければならない理由を説明すると、昼間は照明を消せるようになって、これは怪我の功名ともいうべきか。消すとなると徹底して消すのが千鶴の特徴なので、玄関と仏壇の明かりを私がつけていると、それも常に消して回るようになった。雨が降っても傘をささない人だったのが、事故の後しばらくは放射性物質が雨に溶け込んでいるかもしれないのが怖かったから「どくどく（娘の好きなテレビゲームに出てくる「どくどくゾンビ」というモンスターをイメージして）の雨が降ってるからぬれたら大変！」とおどかすと傘もさすようになった。

「非常事態」を利用して今までの困った癖を直すことができたのは思いがけない拾い物だったが、地震のあと一週間ほどたったころから、ふと気がつくと千鶴があまり笑わなくなっていた。昼間から布団にもぐりこんで寝てばかり。食欲もない。食欲にはもともとむらがあるので、地震の影響ばかりともいえないが、世界が急に変わってしまったせいでストレスを感じていることは確かだった。余震もずっと続いていた。以前の千鶴は三、四時間なら問題なく留守番ができ、その間に私は横浜まで電車で出かけてデパートで買い物したり、たまに自由が丘あたりで友達と食事したりもできていたのだが、だんだん留守番をいやがるようになっていった。出かけて一時間もすると、携帯に電話がかかってくる。

私も、大きな余震が起きて、電車がまた突然止まらないとも限らないから、バスか徒歩ですぐに帰ってこられない所には千鶴を置いては出かけられなくなってしまった。私がひとりで都心まで出ているときに地震が起きて電車が止まって帰れなくなるという可能性はそれまでにもずっとあったはずなのに、東海地震に備えなきゃなどと思いながら、たかをくくっていたのだ。自然災害などというものは本当に起きてみないとわからないことがたくさんあるのを実感している。

何も被害はなく基本的には今までどおり快適な暮らしが続けられているのにもかかわらず、東日本大震災の影響でそんなにも千鶴はダメージを負ってしまった。被災地の自閉症の人たちとその家族はどれほど大変な思いをしているだろう。その大変さもひとりひとり違うと思う。自閉症という障害の難しさを理解できるスタッフが支援に当たってくれていることを心から願う。

◆引越し

息子は三月の末にアパートを引き払って戻ってきて、四月からは東京の葛飾区にある職場まで片道二時間かけて通っていた。私たちが引越した後も、彼はそのまま横浜のマンションに住みつづけることになっていたから、一緒に暮らす最後の二カ月の間に、料理や掃除のしかたなどいろいろ教えておこうと思っていたのだけど、息子は仕事や通勤に慣れるのが精一杯、映画に関係する用事もけっこうあって余裕がなく、私も千鶴の状態に注意しながら引越しの準備を進めなくてはならなくて、結局ほとんど世帯主の「引継ぎ」のようなことはできないまま、引越しの日が来てしまった。バナナも新幹線に一緒に乗せて行くことになっていたので、息子にもバナナ係で福岡までついてきてもらった。

この時のことを息子が映画「ちづる」の公式ＨＰに掲載している「あにきにっき」というブログに書いていた。

2011.6.12　Sunday
引っ越し

こんにちは！カントクの赤崎正和です！

今日も『ちづる』HPへお越しいただきありがとうございます♪

妹と母と犬が引っ越しをして一週間が経ちました。
実家での一人暮らし、まだ慣れません。
帰宅して家事に何も手をつけないままいつの間にかパンツ一丁で寝てたり…。
乱れ切った生活を送っております。笑
あっちはどうなんでしょう？

一週間前の引っ越しの日、僕も一緒に新居へ行ってきました。

なかなか良い家でした。二人で住むには贅沢だ！と思うほど。

まだ家具も何もない部屋で、母も妹もいろいろ計画を立てながらこれからの新しい生活に胸を躍らせていました。


お昼は母方の祖父母も来てくれ、皆でちいさなテーブルを囲んで賑やかな雰囲気でお寿司を食べました。

このまま楽しく過ぎていくのかな、と思いきや…


アンパンマンがみれない！


妹はアンパンマンの放送をいつも楽しみに観ていますが、
関東の放送と九州の放送は内容や放送日が違ったのです。

そのことを母もすっかり忘れていました。

いつもの時間にアンパンマンが観られないことに気づいて妹は少し不安定になりましたが、

「録画してその時間に観ればいい」などと母がうまく誤魔化してやり過ごしました。

一瞬ヒヤッとすることもありましたが、あとはなんとか問題なく新居に移ることができました。
よかった、よかった。

帰りの新幹線、疲れてiPodを聴きながらウトウトしていたとき、チャットモンチーの「親知らず」という曲が流れて、ふいに涙が出ました。
自分がまだ赤ん坊だったころからつい最近の出来事まで、新幹線の窓から見える景色のようにものすごい速さで家族との思い出が通り過ぎていきました。

横浜にいたときは毎日母が仏壇の前で手を合わすのを見て
「あぁまだ家族四人なんだな」と思ってなんとなく安心していました。
でも新居にいたとき一瞬、母が別の人のようにみえました。
何か母の決意のようなものを感じて、ひどく驚きました。
「母はここで妹と二人で生きていくんだな」
そうはっきり感じたのです。
何カ月も前から引っ越しは決まっていましたが、初めて実感しました。

「四人」をいつまでもズルズルと引きずっていたのは自分一人だったなと気づいて少し落ち込みました。情けないなと思いました。
さみしくないって言ったら嘘になるけど、これからは一人でしっかりと生きていこうと思います。

今日はこのへんで！それではまた☆

◆これからの家族のかたち

福岡に戻ってきてもうすぐ三カ月になる。こちらでの生活にもずいぶん慣れてきた。千鶴はどこに行くにも近くて移動が楽な福岡での外出を楽しみ、さっそくお気に入りのスポットも見つけて、新しい生活を楽しんでいる一方、震災の後の不安定さもまだひきずっていて、「福岡は地震ないよ」といって聞かせても私のそばを片時も離れられず、家の中でも物のしまい方など細かいことにこだわっている。今はこういう時期なのだと思い、あせらずに様子を見ていくしかない。息子のほうも何とかやっているようだ。

この章のタイトルを「三人家族へ……」としたけれど、私は本当は今でも四人家族だと思っている。でも、私の前ではめったに仏壇に向かうこともない息子がそんなふうに感じていたとはブログを読むまで知らなかった。

せっかく息子が妹のことを真剣に考えてくれるようになったのに、どうして家族が離れてしまうの？　と私の母にも言われたし、そう思われた方も多いかもしれない。でも家族だからこそ離れられるのだと私は思う。千鶴の存在が息子を福祉の道に進ませたのは確かだが、一生の仕事として選んだのなら、妹の問題からは離れて、本当のプロになってほしい。生活者としても、きちんと自立してほしい。ブログを読む限りでは、家事がちゃんとこなせる男になれるかどうか、はなはだ心もとないが、私が洗濯から料理までしてやっているよりは二三歳の社会人の生活としては健全な状態ではないだろうか。親の心子知らずで、最初は突き放されてひとりになったと感じていたようだが、だんだん解放感のほうがまさってきたころだと思う。私も一緒に暮らしていたころは息子の未熟さを目の当たりにすると、責任と焦りを感じてつい口出ししては喧嘩になり、言いたいのを我慢するのも大変なストレスを感じていたものだが、今はそういう思いから解放されてとても楽になった。でも、だからといって、お互いのことを忘れているわけでは決してない。

五年前、夫が突然途方もなく遠いところにひとりで行ってしまって、家族のかたちは変化した。そして今、息子の自立と私と千鶴の引越しを機にまた新しいかたちへと変化した。でも、これからもずっと四人家族であることに変わりはない。

とはいえ、見えるかたちを重視する千鶴は、実は今や「ふたり家族」と思っているようではあるのだが、自閉症という障害の影響が届かない魂の奥底ではきっと父も兄もずっと家族だと感じているに違いない。私はそう信じている。

あとがき

　第三章「故郷の福岡へ」でも少し触れましたが、横浜市は自閉症者のための施策が進んでいる自治体として知られています。それは三〇年近く前から横浜市の親たちが、自閉症者の生活の困難さを辛抱強く行政に訴え、働きかけてきた成果でもあります。自閉症に特化した社会福祉法人があり、自閉症のスペシャリストがたくさんいます。偶然にもそんな横浜で千鶴を授かって、一歳四カ月という超早期に障害を発見し、望みうる限りの最高のドクター、ケースワーカー、先輩のおとうさんおかあさんたちのアドバイスをいただきながら千鶴を育て始めたのに、結局、養護学校すらまともに通えず、今に至ってしまいました。

　たぶん、私には自閉症児を立派に育て上げるための決定的な何かが欠けているのだろうと思います。千鶴のように難しい子どもを育てるには「あきらめず、あせらず」という姿勢をずっと貫かなければならないのですが、私は先生方に言われたとおりにやってみようとしても、千鶴からの強力な抵抗にあうと、すぐにあきらめてしまって、いい習慣を身につけさせることも、悪い習慣をやめさせることもできませんでした。その一方で、千鶴が小さいころには、集団生活が本当に苦手な千鶴を保育園に入れて大変な思いをさせてしまったり、小学校を決めるときは最後まで養護学校ではなく地元の小学校にこだわったり、千鶴の能力を的確に見極めることもできていませんでした。思い返すと、悔やまれることばかりです。

ただ、もう一度千鶴の子育てを最初からやり直させてもらったとしても、やっぱり、それほど上手くはいかなかったかなとも思います。ほかの自閉症のお子さんの場合はわからないのですが、千鶴にかぎっていえば、私の努力不足、力量不足のせいだけではなく、うまくいっていると思っていても、ある日それまで積み上げてきたものが突然根本からくずれてしまう、そういうことが、何度もあったからです。小さいころは、年齢を経るうちに千鶴も落ち着いて安定した状態を保つことができるだろうと楽観的に考えていたのですが、ずっと千鶴とつきあってきて、気分不調の波はこれからも定期的に何度も訪れてくる、千鶴はそういう体質だろうと、今は考えています。私にできるのは、千鶴が一番暮らしやすい生活のかたちを、その時その時の千鶴のコンディションに合わせて模索していくことだけだと思っています。長いスタンスで「あきらめず、あせらず」を実践していくつもりです。

佐々木先生にお会いして、千鶴が自閉症であることがはっきりわかった日、私はとても生きていけないと思ったそのあとで、「でも、とりあえず、ひと眠りしよう」と子どもたちと一緒にぐっすり昼寝をしてしまいました。そして、目覚めたときにはほんの少しですが、現実に立ち向かう気力がわいていました。そのことを、この二〇年、よく思い出しました。あの時、私、眠れたなあと。それはなぜかつらい時に自分を支える不思議な自信になっているのです。力量が足りない母親なりに、私に何か強みがあるとすれば、この意外に図太い体質のようなものでしょうか。

去年、夫の四回目の命日の日記にこんなふうに書きました。

悲しみは大事にとっておき、手に負えないと思える苦労にも正面から立ち向かい、それでも、どんなときでも人生の美しさを淡々と味わい、慈しむことができる、そんな境地に早くたどりつきたいものだと思っています。

まだまだこんな境地には達していませんが、これまでの人生、どんな瞬間にも「でも、自分は不幸せとは決して言えない」と思ってきました。千鶴についてはとても「不自由な人生」だと今でも感じていますし、夫の死については確かに「不運で悲しい人生」です。でも、それは幸せではないということとはちょっと違っていて、幸せなことも、数えればきりがないほどたくさんあるのです。とんでもない不自由さもどうしようもない悲しみもこれから先ずっと続いていくわけですが、そういうものを何もかもひっくるめて、私はなかなか「よき人生」ではないかと近ごろ思うようになりました。そんなふうに思えることも、私のもうひとつの強みといえるのかもしれません。

最後に、私に本を書くことをすすめてくださり、編集者の根村かやのさんに引き合わせてくれた池谷薫監督と、素人の私にこの本が向かう方向を指し示し、ゴールまでたどりつけるように頼もしくサポートしてくださった根村さん、プライベートなお手紙とメールを紹介することを快く承諾してくださった朝日新聞記者の川上裕央さん、出版の決断をいただいた新評論の武市一幸社長、こまごまとした編集作業をしていただいた編集部の青柳康司さんに心より御礼を申し上げます。

赤崎久美

二〇一一年八月二六日

著者紹介

赤﨑久美（あかざき・くみ）

福岡県生まれ。九州大学文学部国語国文学科卒業。結婚後は横浜市で長男・正和（1988年生まれ）、長女・千鶴（1990年生まれ。自閉症児）の子育てに専念。2006年に夫・正幸を交通事故で失う。現在、福岡市にて千鶴と二人暮らし。

ちづる——娘と私の「幸せ」な人生

2011年11月10日　初版第1刷発行

著　者　赤　﨑　久　美

発行者　武　市　一　幸

発行所　株式会社　新　評　論

〒169-0051
東京都新宿区西早稲田3-16-28
http://www.shinhyoron.co.jp

電話　03(3202)7391
FAX　03(3202)5832
振替・00160-1-113487

落丁・乱丁はお取り替えします。
定価はカバーに表示してあります。

印　刷　フォレスト
製　本　桂川製本所
装　丁　山田英春
企画・編集　根村かやの

Printed in Japan
ISBN978-4-7948-0883-7